reflets dans un œil d'or

Traduit de l'anglais
par Charles Cestre

Bibliothèque du Temps Présent

REFLETS DANS UN ŒIL D'OR

CARSON McCULLERS

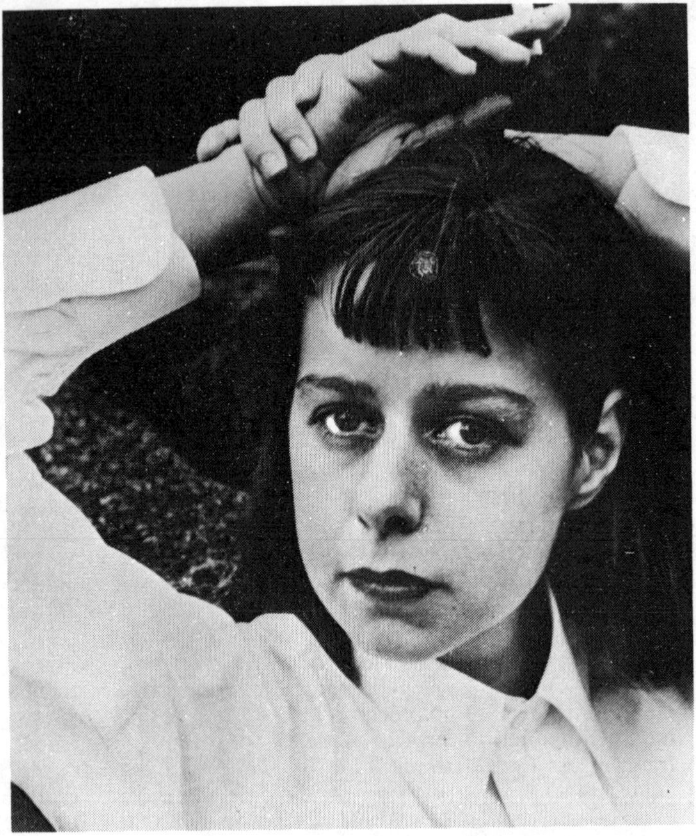

CARSON McCULLERS

Née à Columbus, dans l'Etat de Géorgie, en 1917, Carson McCullers, considérée comme un des meilleurs écrivains « sudistes », dont les maîtres incontestés restent William Faulkner et Erskine Caldwell, a fait entendre dès ses débuts de romancière une plainte juvénile dans la littérature américaine.

C'est à la musique qu'elle s'intéresse tout d'abord dans sa ville natale, témoignant d'un incontestable talent de pianiste, et c'est pour travailler au Conservatoire Julliard qu'elle quitte, âgée de dix-sept ans, sa province natale pour s'installer à New York, où elle se perd...

La publication de son premier roman, *Le cœur est un chasseur solitaire,* en 1940, fut un événement littéraire. La critique fut stupéfaite qu'une jeune fille de vingt-deux ans — et qui n'en paraissait guère que quatorze — ait écrit une œuvre qui témoignait d'une étonnante maturité, posant à travers la vie quotidienne d'une bourgade de Géorgie le problème de la solitude humaine qui, d'ailleurs, reviendra sans cesse dans son œuvre.

L'année suivante paraît *Reflets dans un œil d'or,* ouvrage aux complications freudiennes dans lequel elle exprime ses angoisses en un roman de l'incompréhension. Il lui faut ensuite cinq ans de travail pour écrire *Frankie Addams* (titre de la traduction en français de *The Member of the Wedding)* qui témoigne de sa connaissance instinctive de la psychologie adolescente. Elle écrit en 1960 une version théâtrale de ce récit qui remporte à Broadway un éclatant succès (plus grand que n'en rencontrera, en 1958, son autre pièce *The Square Root of Wonderful).*

En 1951, Carson McCullers publie une sorte de poème en prose, *la Ballade du café triste,* et en 1952 son dernier roman, *l'Horloge sans aiguilles,* son chant du cygne, qui traite encore de la solitude de l'homme devant la mort.

Entre-temps elle aura fait un voyage en France où elle a épousé un officier de l'armée américaine débarquée, sombrera dans l'éthy-

lisme et, rentrée aux Etats-Unis, mourra en 1967, après dix ans d'agonie, clouée par la paralysie dans un fauteuil d'infirme.

Cette romancière d'une sensibilité exacerbée restera comme l'image même de l'enfance et de l'innocence abusées, obsédée par la solitude, par l'échec de l'amour et de toute tentative de communication. « L'isolement spirituel, a écrit Carson McCullers elle-même, est au centre de mon œuvre. *Le cœur est un chasseur solitaire* était bâti autour de ce thème et, depuis, tous mes livres le traitent d'une manière ou d'une autre... L'amour est le facteur principal dans le choix de mes personnages grotesques : ce sont des gens dont les handicaps physiques symbolisent l'incapacité d'aimer ou d'être aimé. »

« La structure de ses romans, écrit pour sa part John Brown, nous rappelle souvent qu'elle a reçu une formation musicale. Scrupuleux artisan, elle a appris à manier les mots avec un sens raffiné de leur résonance et à manier harmonieusement la prose et la musique. »

Elle est restée toute sa vie fidèle à la ligne de conduite qu'elle s'était elle-même tracée. « Le rôle de l'artiste est de créer sa

propre vision autonome et, l'ayant fait, de garder foi en cette seule vision. »

Nous conclurons cet essai biographique en reproduisant un extrait de Pierre Kyria : « Il est des œuvres plus fortes, plus puissantes, sans doute, mais celle de Carson McCullers ne trompe pas quant à sa qualité humaine et à la maîtrise, la rigueur, la poésie qui l'expriment, elle est le chantre de l'âme douloureuse, de l'enfance éblouie et perdue, de la férocité humaine, de la passion meurtrie, de la colère comme de la faiblesse. On a appelé ses travaux des *enfantines,* comme pour reprendre un titre de Larbaud. C'est vrai, l'adolescence et l'enfance sont au cœur de l'œuvre de Carson McCullers, mais sans complaisance, sans fadeur, sans mièvrerie et parce qu'elle trouve dans les émois et dans les frayeurs de la première jeunesse une illustration terrible et magnifiquement épurée de la tragédie adulte. »

Nous reproduisons ci-dessous la préface de Jean Blanzat à la première édition en français de *Reflets dans un œil d'or.*

Dès la seconde page, l'intrigue de *Reflets dans un œil d'or* nous est connue : « Dans le Sud, il y a un poste militaire où un meurtre a été commis. Les acteurs de ce drame étaient deux officiers, un soldat, deux femmes, un Philippin et un cheval. »

L'art extraordinairement médité de Carson McCullers tire de cette donnée, somme toute banale, un livre étrange et sous sa clarté apparente, sous la netteté du dessin, d'une saisissante complexité. La lecture achevée, le livre apparaît dans une épaisseur marine. Il s'accroche en surface aux réalités les plus quotidiennes, il touche au fond à l'obscurité des mythes. Selon le niveau où le regard le saisit la lumière change et en apparence le sujet.

On peut parfaitement considérer *Reflets dans un œil d'or* comme un tableau de mœurs et comme l'étude réaliste d'un double drame passionnel. Il nous faut imaginer un milieu militaire et bourgeois, fermé et isolé, ce que serait chez nous, si on multipliait toutes les proportions, la vie d'un camp de gardes républicains où officiers et soldats vivent dans leurs familles. La solitude, l'isolement exaspèrent les sentiments et chacun est menacé dans son équilibre. A travers les rites du service et de la vie sociale, fêtes, réceptions, promenades, deux drames parallèles s'ébauchent, croissent et s'accomplissent. Un commandant aime la femme d'un capitaine,

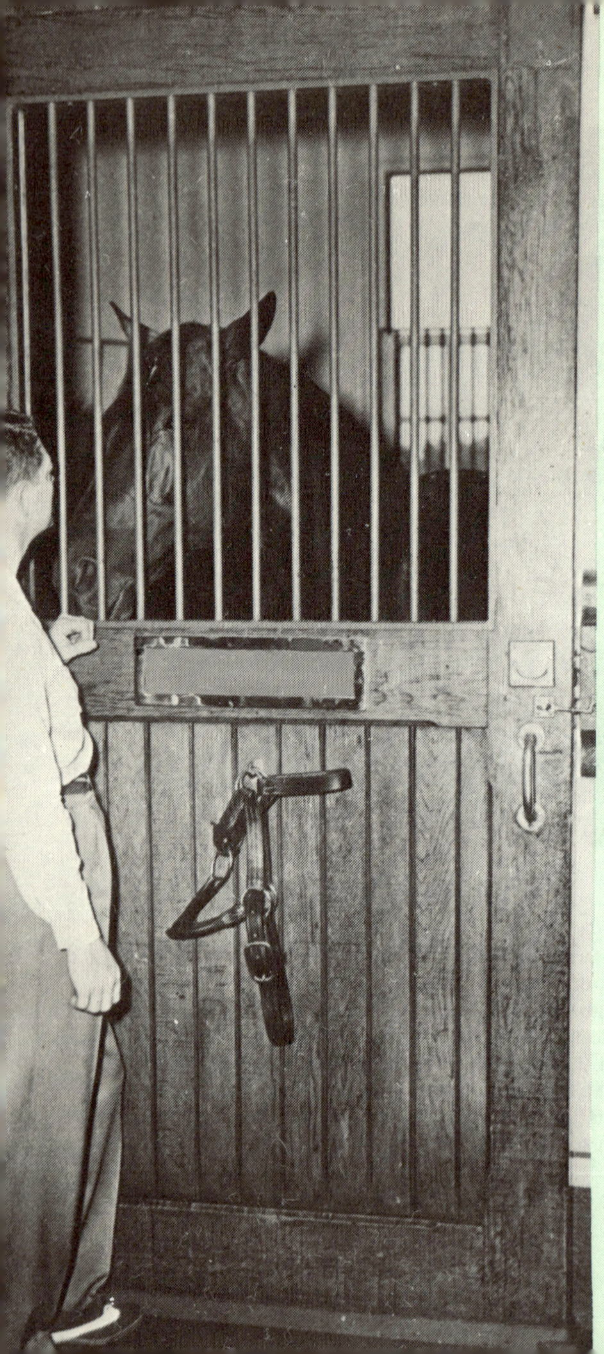

« Le cheval dilata
ses naseaux nerveusement
et tourna son long cou
pour regarder
autour de lui. »

A gauche : « De bonne heure,
le lendemain matin,
Williams se rendit
à l'écurie. »

et sa propre femme, malade, devient folle de chagrin et meurt. Un jeune soldat s'éprend de la femme du capitaine, il entre la nuit dans sa chambre, et un soir le mari le surprend et le tue.
Mais si nous étions tentés de nous en tenir à cette apparence, nous saurions que nous trahissons l'auteur. Par une rectification constante, par une déviation perpétuelle des sentiments attendus, il nous éloigne de l'atmosphère ordinaire du drame bourgeois. Le jeu qu'il mène est tout différent du jeu ordinaire de la comédie passionnelle. Avec une dextérité toute féminine, de ligne en ligne et de proche en proche, il frange chaque caractère d'une ligne d'ombre.
Et là se retrouve l'un des traits constants du roman américains. C'est la volonté d'immerger les personnages dans toute l'épaisseur

« Sur quoi il (Anacleto) se mit à danser : on l'avait mené aux Ballets russes l'année précédente. »

de la conscience et de remonter, en eux, des sentiments clairs et conscients à l'instinct profond, déterminant. Ce n'est pas par simple désespoir que meurt la femme du commandant, c'est qu'elle est attirée vers la mort par une fatalité. Elle suit la pente d'un destin où l'entraîne l'appel d'un enfant qu'elle a perdu par un chemin de pressentiments et de songes. Ce n'est pas l'amour charnel qui attire le soldat, agenouillé près du lit de la florissante femme du capitaine. Ou du moins ce n'est pas lui d'abord : quand il est tué, il y arrive à peine. L'amour serein a fini par éclore, mais c'est sur un monde où la curiosité et l'étonnement le disputent à une véritable horreur sacrée. Quant au capitaine, ce n'est pas la simple jalousie qui arme son bras. Nous le verrons, précisément, quand il abat le soldat, c'est comme s'il tirait sur lui-même.

Nous sommes donc très loin du drame passionnel classique et quand nous regardons les cartes de l'auteur, nous ne trouvons ici que deux des figures avec lesquelles il se joue d'habitude : il s'agit de la femme du capitaine et de son amant, le commandant. Ces deux personnages sont d'une parfaite banalité, et leurs rapports, tranquillement ordinaires, ne contiennent aucun mystère. Le couple offre au regard une sorte d'opacité. Derrière tous les autres héros, au contraire, on aperçoit l'ombre.

L'une des complexités du livre tient précisément à ceci. Les héros n'ont pas tous la même réalité, la même densité. Ils se présentent comme dans une gamme. Elle va de la parfaite clarté pour le commandant et sa maîtresse à l'ombre pure qu'est le soldat. Le soldat n'est pas, à la vérité, un personnage réel, mais un fantôme et un symbole. La zone vivante du livre, la zone des rapports efficaces entre les personnages, celle où se nourrit et progresse l'action essentielle, est précisément la zone d'ombre.

Dans ce domaine, il est une tentation que Carson McCullers a évitée avec un soin remarquable, c'est celle de l'imagerie lawrencienne. L'auteur commence précisément par en réunir toutes les données. La femme du capitaine, lourde, blonde, dans l'épanouissement de sa maturité, paresseuse et dormante, est un exemple accompli du rayonnement sensuel. Son petit mari, intellectuel, inquiet, étriqué, « réalise un équilibre délicat entre les deux sexes »; il est « doué de la sensibilité, mais dépourvu du pouvoir actif de l'un et de l'autre ». C'est Chatterley et lady Chatterley, mais le jeu lawrencien est refusé en ceci que personne entre eux ne joue Mellors. Ni le placide commandant ni encore moins le lunaire soldat, trop loin de la chaleur vitale.

Carson McCullers n'évite cependant pas complètement la tentation lawrencienne. Alors le cheval Oiseau-de-Feu joue son rôle. Sorti du bestiaire onirique, consacré dans *la Belle et la Bête,* repris par Faulkner dans *Tandis que j'agonise,* le cheval mâle, l'étalon puissant a depuis longtemps sa place de symbole de la sexualité dans la littérature. C'est peut-être la seule banalité de Carson McCullers de lui redonner un rôle. Mais c'est au cours d'une scène étrange, à signification indirecte et qui permet à

« Le commandant Langdon et la femme du capitaine jouaient au misti. »

l'auteur de nouer définitivement la véritable intrigue. A propos d'Oiseau-de-Feu, le capitaine et le soldat s'affrontent véritablement pour la première fois, et, pour la première fois, sourdement, sans qu'aucun mot soit dit, ces deux consciences entrent dans leur rôle profond qui est de se détruire l'une l'autre.

Ce n'est donc qu'accessoirement que *Reflets dans un œil d'or* émarge au monde lawrencien. Et à vrai dire le génie généreux, solaire, de Lawrence, est juste à l'opposé de l'esprit qui anime le roman de Carson McCullers. Le livre plonge tout entier dans l'univers freudien par son thème essentiel qui est la sexualité.

Il ne s'agit que de la sexualité contrariée, inféconde, source de tourments sans issue et qui n'a même pas le recours de la perversité. S'il fallait retenir deux images dans ce récit, ce serait celle du jeune soldat, immobile dans la clarté stérile de la lune,

« Le capitaine la regardait avec l'indignation hébétée d'un homme qui vient de recevoir un soufflet. »

épiant à la fenêtre, non pas la femme nue, mais le capitaine vers qui le pousse une curiosité pleine d'angoisse impubère. Et ce serait aussi l'image d'Alison, la femme du commandant, qui coupe le bout de ses seins avec les cisailles du jardin. Non seulement le capitaine, Alison, et partiellement le soldat, contribuent à créer le climat froid et cruel de l'infécondité et de l'impuissance, mais y contribuent aussi des personnages qu'on pourrait croire simplement pittoresques, comme Anacleto, le domestique philippin.

Anacleto partage la vie intime d'Alison, jeune femme désormais hors de la vie charnelle, pareille à une planète refroidie, et il vit dans son orbe avec la familiarité sinistre des eunuques.

On ne saurait relever tous les détails très habilement jetés ici et là qui finissent par imposer l'atmosphère cruelle de ce livre. Plus qu'elle n'est morbide, elle est vide et glacée et, c'est le mot qui s'impose à tout moment, c'est celle d'un univers stérile.

Le véritable héros du livre, c'est celui qui prend à son compte cette stérilité ou, pour parler d'une façon approchée, le drame de l'impuissance. Ce héros est évidemment le capitaine. Dès les premiers mots Mme Carson McCullers le montre dans l'impasse. « Il est doué de la sensibilité des deux sexes, il est dépourvu du pouvoir actif de l'un et de l'autre ». « La balance chez lui penche fortement d'un côté — du côté de la mort. » Le thème essentiel du roman, c'est l'effort du capitaine pour s'approcher du pouvoir actif et de la vie.

Il en découvre l'obscur rayonnement sur le visage du soldat. Le « soldat Williams » s'associait dans l'esprit du capitaine avec l'écurie et avec le cheval de sa femme, Oiseau-de-Feu, association désagréable. Pourtant, et c'est là un raffinement de cruauté, le soldat ignore encore sa propre lumière. Pour lui, les femmes « portent en elles le germe d'une maladie contagieuse et terrible qui rend les hommes aveugles, infirmes et les damne ». Mais il se rapproche du réveil, il commence à être hanté « d'un rêve sombre ». Au fur et à mesure qu'il s'avancera vers la découverte, c'est-à-dire vers la joie et la sérénité charnelles, les sentiments du capitaine à son égard seront de plus en plus précis.

La banale « mauvaise humeur » du début devient une « haine formidable » lors de la scène solitaire devant Oiseau-de-Feu sauvagement battu. Bientôt un désir étrange se glisse dans le cœur du capitaine. C'est « un besoin douloureux d'entrer en contact de quelque façon que ce soit avec cet homme ». De quelque façon que ce soit. Et en un mois il passe de cet état morbide à une passion foudroyante. « Il se sent vulnérable dans un état proche du délire » et s'il tente de parler, c'est « en une tirade incohérente d'imprécations, de mots caressants, d'insultes et de supplications ».

Il y a au fond de cela un drame beaucoup moins banal que celui de l'homosexuel qui s'ignore plus ou moins et ne sait comment aborder l'objet de son désir. De toute son âme le capitaine envie le soldat rayonnant.

Dans ses rêves, il se voit « jeune » presque le jumeau du soldat, avec un corps souple, allègre, et « il est envahi d'une étrange tristesse nostalgique ». On peut se le demander : le rêve de

« Garanti par le feuillage… le soldat ne pouvait être vu. »

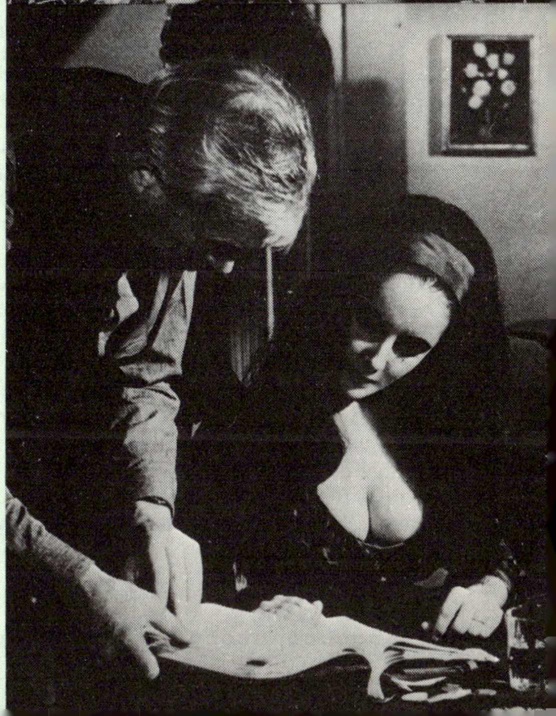

« Il était également jaloux de sa femme et de l'amant de sa femme. »

« Le matin, tandis qu'il faisait son cours et traçait au tableau le plan d'une manœuvre technique, il avait eu une inexplicable attaque d'amnésie... »

fraternité dépasse-t-il, épuré, le royaume de la chair ? De toute façon ce rêve est inaccessible. Dans le temps où le soldat sent que le « désir monte en lui, sombre, fatal et vide comme la mort », les circonstances qui prêtent le plus au malentendu remettent le capitaine et le soldat face à face.

Alors s'offre l'occasion d'entrer en contact de « quelque façon que ce soit », mais ce que le capitaine abat et supprime, c'est sa propre obsession et il marque ainsi, pour toujours, son échec.

Carson McCullers a vingt-quatre ans. Elle appartient à la génération qui succède à l'école illustre des Faulkner, des Hemingway, des Steinbeck, des Caldwell. Si l'on en croit l'exemple de *Reflets dans un œil d'or,* le plus récent roman américain a quelque peu changé de ton, il semble se tenir plus près de la vie banale, mais il n'a pas renoncé à son ambition essentielle. Il cherche à remonter à travers la fiction des vies privées, aux mythes permanents du destin de l'homme.

Jean Blanzat

Les photographies illustrant le titre et les pages 14, 16, 17, 19 (haut) sont extraites du film *Reflets dans un œil d'or* de John Huston avec Elizabeth Taylor et Marlon Brando (Warner Bros).

1

Un poste militaire en temps de paix est morne. Il s'y passe des choses, mais qui reviennent, toujours semblables. Le plan même de l'ouvrage en accroît la monotonie : l'énorme caserne de béton, les rangées proprettes de maisons d'officiers construites toutes sur le même modèle, le gymnase, la chapelle, le terrain de golf et la piscine — ce n'est que lignes rigides. Mais peut-être la tristesse du poste réside-t-elle surtout dans sa solitude et dans l'excès de loisir et de sécurité, car du jour où on s'est engagé dans l'armée, on est destiné à emboîter le pas de celui qui va devant vous. Aussi bien, il arrive parfois des choses dans un poste militaire, qui ont peu de chances de se reproduire. Il y a un fort, dans le Sud, où il y a quelques années un meurtre fut commis. Les acteurs de ce drame étaient deux officiers, un soldat, deux femmes, un Philippin et un cheval.

Le soldat dans cette affaire était Elgé Williams. Souvent, à la fin de l'après-midi on pouvait le voir assis seul sur l'un des bancs qui bordaient le chemin devant la caserne. C'était un joli endroit, où une longue rangée double de jeunes érables dessinait des ombres fraîches, délicates, frissonnant au vent. Au printemps les feuilles des arbres étaient d'un vert lumineux, qui, les mois chauds venus, prenait une teinte plus foncée, reposante. Vers la fin de l'automne, elles étincelaient de tons d'or. C'est là que le soldat Williams s'asseyait, attendant la sonnerie du repas du soir. C'était un jeune soldat silencieux, à la caserne il n'avait ni ennemi ni ami. Sa figure ronde, tannée, portait la marque d'une certaine innocence attentive. Ses lèvres pleines étaient rouges et deux mèches de cheveux châtains, épais et serrés, lui recouvraient le front. Ses yeux, d'une couleur curieuse où se mélangeaient l'ambre et le brun, exprimaient la placidité muette que l'on voit dans les yeux des animaux. Au premier abord, le soldat Williams paraissait un peu lourd et gauche. Mais c'était une impression fausse ; il se déplaçait avec le silence et l'agilité d'une bête sauvage ou d'un voleur. Souvent, des soldats qui se croyaient seuls avaient tressailli de le voir surgir de nulle part à leur côté. Ses mains étaient petites, aux os effilés, et très fortes.

Le soldat Williams ne s'adonnait ni au tabac, ni à la boisson, ni à la fornication, ni au jeu. A la caserne, il se tenait à l'écart et était quelque peu un mystère pour ses camarades. Le terrain réservé autour du fort, d'une étendue de quinze milles carrés, était une brousse sauvage. On y trouvait des pins géants, vierges de la hache, de nombreuses variétés de fleurs, et même des animaux sauvages comme le cerf, le sanglier, le renard. Si ce n'est l'équitation, le soldat Williams ne se souciait d'aucun des sports que pratiquent les recrues. On ne l'avait jamais vu au gymnase ni à la piscine. On ne l'avait jamais vu rire, se mettre en colère, ni donner aucun signe de souffrance. Il prenait trois repas substantiels et abondants par jour et ne grommelait jamais au sujet de la nourriture comme les autres soldats. Il dormait dans une chambrée où il y avait environ trente-six lits sur deux rangées. Ce n'était pas un endroit tranquille. La nuit, quand les lumières étaient éteintes, on entendait souvent des ronflements, des jurons, des gémissements étranglés de cauchemars. Mais le soldat Williams reposait placidement. Parfois seulement venait de sa couchette le bruit furtif que fait un papier de sucre d'orge, froissé entre les doigts.

Le soldat Williams avait deux ans de service, lorsqu'on l'envoya un jour chez le capitaine Penderton. Cela arriva de la manière suivante. Le soldat Williams était chargé depuis six mois du travail d'écurie, car il s'y connaissait à soigner les chevaux. Le capitaine Penderton avait demandé par téléphone un homme de corvée au sergent-major, et, comme il se trouvait que la plupart des chevaux étaient dehors en manœuvre et qu'il y avait peu à faire à l'écurie, c'est le soldat Williams qu'envoya le sergent. La besogne à accomplir était simple. Le capitaine Penderton voulait faire débroussailler et couper une petite partie du bois derrière sa maison, afin de faire mettre là un fourneau à grillades et d'inviter des amis pour des repas en plein air. Il y avait pour une journée de travail.

Le soldat Williams se mit à la tâche vers sept heures et demie du matin. C'était une journée tiède et ensoleillée d'octobre. Il savait où habitait le capitaine, car il était souvent passé devant chez lui en partant en promenade dans les bois. Il connaissait bien aussi le capitaine de vue. A vrai dire, il avait une fois causé, sans le vouloir, dommage au capitaine. Dix-huit mois auparavant, le soldat Williams avait, pendant quelques semaines, servi d'ordonnance au lieutenant de la compagnie. Un après-midi, le lieutenant avait reçu la visite du capitaine Penderton, et, en servant les boissons, le soldat Williams avait renversé une tasse de café sur le pantalon du capitaine. De plus, il voyait souvent maintenant le capitaine à l'écurie, où il avait charge du cheval de la femme du capitaine — étalon bai, qui était sans conteste la plus belle monture du poste.

Le capitaine habitait à la périphérie du poste. Sa maison, à un étage et à huit chambres, crépie de blanc, ressemblait à toutes les autres maisons de la rue, si ce n'est qu'elle était la dernière et formait angle. De deux côtés, la pelouse rejoignait la forêt. A droite, se trouvait le seul voisin du capitaine, le commandant Morris Langdon. Les maisons de cette rue faisaient face à un vaste terrain plat, recouvert de gazon brun et court, qui récemment encore servait pour le jeu de polo.

Quand le soldat Williams arriva, le capitaine sortit pour lui expliquer en détail ce qu'il lui demandait de faire. Il couperait au ras du sol les chênes nains et les touffes d'églantiers, et il élaguerait les branches des gros arbres jusqu'à la hauteur de six pieds. Le capitaine désigna un vieux chêne à environ vingt mètres de la pelouse comme limite de la zone à déblayer. Le capitaine portait un anneau d'or à l'un de ses doigts blancs et gras. Il était habillé d'une culotte kaki, de bas de laine roulés au-dessous des genoux et d'une veste de cuir. Les traits de son visage anguleux étaient tendus. Ses cheveux étaient noirs et ses yeux d'un bleu transparent. Le capitaine ne sembla pas reconnaître le soldat Williams et lui donna ses ordres en homme méticuleux et agacé. Il comptait que le travail serait fini dans la journée et dit qu'il reviendrait à la fin de l'après-midi.

Le soldat travailla ferme toute la matinée. A midi il alla déjeuner au réfectoire de la caserne. A quatre heures la tâche était achevée. Il avait même fait plus que le capitaine n'avait spécifié. Le grand chêne qui marquait la limite avait une forme inusitée : les branches du côté de la pelouse étaient assez hautes pour qu'on pût passer dessous, mais les branches du côté du bois balayaient le sol gracieusement. Le soldat avait, à grand-peine, coupé ces branches à l'extrémité tombante. Ayant tout terminé, il se tenait appuyé contre le tronc d'un pin, attendant son chef. Il semblait satisfait de lui et prêt à rester en cet endroit indéfiniment.

« Eh, que faites-vous là ? » s'entendit-il dire tout à coup.

Le soldat avait vu la femme du capitaine sortir de la maison par la porte de derrière et s'avancer vers lui à travers la pelouse. Ses yeux recevaient son image, laquelle cependant ne pénétra dans la région profonde de sa conscience que lorsque la dame lui adressa la parole.

— Je viens de l'écurie, dit madame Penderton. Mon *Oiseau-de-Feu* a reçu un coup de sabot.

— Oui, Madame », répondit vaguement le soldat. Il attendit un moment pour digérer le sens des paroles qu'on lui adressait. « Comment ? »

— Je ne sais pas. C'est peut-être un de ces

sacrés mulets, ou bien ils l'ont laissé aller avec les juments. J'étais furieuse et je vous ai demandé.

La femme du capitaine se coucha dans un hamac tendu entre deux arbres au bord de la pelouse. Même dans le costume qu'elle portait ce soir-là — bottes, culotte de côte de cheval assez sale et usée aux genoux, et jersey gris — elle était belle. Son visage avait la placidité rêveuse d'une madone et ses cheveux couleur de bronze, sans frisure, étaient rassemblés en chignon sur la nuque. Tandis qu'elle se reposait ainsi, la servante noire arriva de la maison apportant sur un plateau une bouteille de whisky, un gobelet-mesure et de l'eau. Madame Penderton y allait franchement quand il s'agissait de boire. Elle avala coup sur coup deux gobelets de whisky pur et les fit suivre par une gorgée d'eau froide. Elle n'adressa plus la parole au soldat et ne lui posa plus de questions concernant le cheval. Ni le soldat ni la dame ne semblaient plus s'occuper l'un de l'autre. Le soldat restait appuyé contre le pin et regardait sans un clignement d'yeux l'espace vide.

Le soleil de cette fin d'automne versait sur le gazon humide, tout frais poussé, un éclat radieux, et s'infiltrait dans le bois là où les feuilles étaient le moins denses pour dessiner sur le sol des taches d'or étincelant. Puis, tout à coup, le soleil disparut. L'air se rafraîchit en même temps que s'éleva une légère brise. C'était l'heure de rentrer. De loin se fit entendre une sonnerie de clairon, clarifiée par la distance et se répercutant dans les bois en notes profondes, atténuées. La nuit approchait.

A ce moment, le capitaine Penderton revint. Il parqua son auto devant la maison et s'avança aussitôt à travers la pelouse pour voir comment l'ouvrage avait été fait. Il salua de la main sa femme et fit un signe de tête sec au soldat, qui prit vaguement le garde-à-vous devant lui. Le capitaine parcourut du regard l'espace déblayé. Aussitôt il claqua des doigts et ses lèvres s'amincirent en une grimace de mauvaise humeur. Il dirigea ses yeux bleus limpides vers le soldat, puis lui dit posément : « Mon garçon, tout le but de ce travail était de mettre en valeur le grand chêne. »

Le soldat écouta ce commentaire en silence. Sa face ronde, attentive, ne changea pas.

« Je vous ai demandé de déblayer le terrain jusqu'au grand chêne seulement », continua l'officier en élevant la voix. Il s'avança d'un pas raide vers l'arbre et montra du doigt les branches coupées, étalées. « Ces branches qui balayaient le sol et tendaient leur claire-voie devant le reste du bois faisaient toute la beauté du point de vue. Maintenant c'est affreux. » Le capitaine semblait plus agité que l'accident n'en valait la peine. Debout, seul dans le bois, il paraissait petit.

« Que faut-il que je fasse, mon capitaine ? » demanda le soldat Williams après une longue pause.

Madame Penderton se mit soudain à rire et

sortit une jambe bottée pour balancer le hamac. « Le capitaine vous demande de ramasser les branches et de les recoudre au tronc. »

Son mari ne goûta pas la plaisanterie. « Allez chercher des feuilles, que vous répandrez sur les endroits dénudés d'où vous avez enlevé les broussailles. Après, vous pourrez vous en aller. » Il donna un pourboire au soldat et rentra dans la maison.

Le soldat Williams pénétra lentement dans le bois qui s'obscurcissait, pour ramasser des feuilles tombées. La femme du capitaine se balançait et semblait sur le point de s'endormir. Le ciel se remplissait d'une teinte jaune, pâle et froide, et tout était silencieux.

Le capitaine Penderton, ce soir-là, fut d'humeur maussade. En entrant dans la maison, il se rendit tout droit à son cabinet de travail. C'était une petite pièce, qui était à l'origine une véranda et ouvrait sur la salle à manger.

Le capitaine s'assit à son bureau et ouvrit un épais cahier de notes. Il étendit une carte devant lui et prit dans un tiroir une règle à calcul. En dépit de ces préparatifs, il lui fut impossible de s'appliquer au travail. Il se penchait sur son bureau, la tête dans les mains et les yeux fermés.

Son agitation était en partie le résultat de l'ennui que lui avait causé le soldat Williams. Il avait été irrité de ce qu'on lui eût envoyé cet homme, entre tant d'autres. Il n'y avait guère qu'une demi-douzaine de soldats, dans tout le poste, dont les figures lui fussent familières. Il jetait sur tous les hommes des regards de mépris ennuyé. Pour lui, les officiers et les hommes pouvaient bien appartenir au même genre biologique, mais ils étaient d'une espèce entièrement différente. Le capitaine se souvenait de l'accident du café renversé, qui lui avait gâché un costume coûteux, tout neuf. Ce costume était d'épaisse soie de Chine et la tache n'était jamais bien partie. (Le capitaine portait toujours l'uniforme en dehors du poste, mais à toutes les invitations avec d'autres officiers il aimait se mettre en civil et était des plus élégants.) Outre ce grief, le soldat Williams s'associait dans l'esprit du capitaine avec l'écurie et avec le cheval de sa femme, *Oiseau-de-Feu* — association désagréable. Et la bourde à propos du chêne était la dernière paille. Assis à son bureau, le capitaine évoqua, en un éclair de rêve éveillé, une idée malveillante — il imagina une situation irréelle dans laquelle il surprendrait le soldat commettant une faute grave et le ferait passer en conseil de guerre. Cela lui apporta quelque consolation. Il se versa une tasse de thé préparé dans un thermos sur son bureau et se laissa absorber par d'autres problèmes.

L'agitation du capitaine, ce soir-là, avait plusieurs causes. Sa personnalité différait en bien des points de l'ordinaire. Il envisageait d'une façon singulière les trois éléments fondamentaux de l'existence : la vie elle-même, le sexe et la mort. Pour ce qui est du sexe, le capitaine réalisait en lui un équilibre délicat entre l'élément mâle et l'élément femelle, doué de la sensibilité des deux sexes mais dépourvu du pouvoir actif de l'un et de l'autre. Pour une personne qui accepterait de se placer en marge de la vie, qui pourrait rassembler ses impulsions éparses et se donner de toute son âme à un travail impersonnel — à quelque dessein artistique ou à quelque idée fixe, un peu folle, comme la quadrature du cercle — pour une personne de cet acabit cet état serait supportable. Le capitaine avait son travail et ne se ménageait pas (on disait qu'il avait une brillante carrière devant lui). Et peut-être n'aurait-il pas senti ce manque ou ce surplus qui était en lui, s'il n'y avait eu sa femme. A cause d'elle, il souffrait. Il avait une malheureuse tendance à tomber amoureux des amants de sa femme.

Quant à ce qui concernait les deux autres éléments fondamentaux, c'était assez simple. A l'égard des deux grands instincts, la vie et la mort, la balance chez lui penchait fortement d'un côté — du côté de la mort. Aussi le capitaine était-il lâche.

Le capitaine Penderton était également une sorte de savant. Pendant les années où il était jeune lieutenant et célibataire, il avait eu beaucoup d'occasions de lire, ses camarades de régiment ayant tendance à éviter sa chambre dans le quartier des célibataires ou à ne lui faire visite que par deux ou par groupes. Son cerveau était farci de statistiques et d'informations d'une précision scientifique. Par exemple, il pouvait décrire en détail le curieux appareil digestif d'un homard ou faire la biographie d'un trilobite. Il parlait et écrivait trois langues avec élégance. Il savait un peu d'astronomie et avait lu beaucoup de poésie. Mais en dépit de cette connaissance de nombreux faits séparés, le capitaine n'avait jamais de sa vie eu une idée. Car la formation d'une idée implique la fusion de deux ou de plusieurs faits. Et le capitaine n'avait jamais eu le courage de le faire.

Assis à son bureau, ce soir-là, incapable de

travailler, il ne chercha pas à analyser ses sentiments. Il pensa de nouveau à la figure du soldat Williams. Puis il se souvint que leurs voisins, les Langdon, devaient dîner avec eux. Le commandant Morris Langdon était l'amant de sa femme ; mais le capitaine ne s'arrêta pas à cela. Un autre souvenir lui vint soudain en mémoire : celui d'une soirée, depuis longtemps passée, avant qu'il fût marié. En cette occasion, il avait éprouvé la même agitation pénible et s'en était débarrassé d'une curieuse manière. Il avait pris son auto pour se rendre à la ville voisine, avait parqué la voiture, et s'était promené longtemps dans les rues. C'était une soirée de la fin de l'hiver. Au cours de sa promenade, le capitaine avait aperçu un tout petit chat blotti sur le pas d'une porte. Le chat avait cherché refuge en cet endroit et s'y était pelotonné pour avoir chaud. Quand le capitaine se pencha, il se mit à ronronner. Il ramassa le petit chat et le sentit vibrer dans sa main. Pendant longtemps, il garda les yeux fixés sur le gentil et doux petit museau, et caressa le pelage tiède. Le petit chat était juste à l'âge où il pouvait ouvrir tout grands ses yeux verts, limpides. Enfin le capitaine emporta le petit chat dans la rue. Au coin, il y avait une boîte aux lettres. Après avoir jeté rapidement un regard autour de lui, il souleva le couvercle glacé de l'ouverture et glissa le petit chat à l'intérieur. Après quoi, il continua son chemin.

Le capitaine entendit le coup sec de la porte de derrière qu'on fermait et quitta son bureau. Dans la cuisine, sa femme était assise sur la table, tandis que Suzie, la servante de couleur, lui enlevait ses bottes. Madame Penderton n'était pas une méridionale pur sang. Elle était née et avait été élevée à l'armée ; son père, qui une année avant sa retraite avait atteint le grade de général de brigade, était originaire de la côte du Pacifique. Sa mère, cependant, était de la Caroline du Sud. Dans ses manières, la femme du capitaine était plutôt du Sud. Le fourneau à gaz n'était pas encroûté de saleté, comme dans une cuisine du Midi ; mais il n'était pas propre non plus. Madame Penderton s'attachait aussi à certaines notions du Midi. Elle était persuadée, par exemple, que la pâtisserie n'est bonne que si elle a été roulée sur un dessus de table en marbre. Pour cette raison, quand son mari avait été envoyé à Hawaï, elle avait emporté, à travers l'Océan et retour, la table sur laquelle elle était maintenant assise. Si la femme du capitaine trouvait, dans la nourriture qu'elle venait de mettre dans son assiette, un cheveu noir, ondulé, elle l'essuyait tranquillement sur sa serviette et continuait à jouir de son repas sans broncher.

— Suzie, dit madame Penderton, les gens ont-ils des gésiers comme les poules ?

Le capitaine, debout sur le pas de la porte, paraissait ne pas exister pour sa femme et la domestique. Quand elle fut débarrassée de ses bottes, madame Penderton se mit à aller de-ci de-là dans la cuisine, pieds nus. Elle sortit un jambon du four et le saupoudra de cassonade et de chapelure. Elle se versa une autre rasade — un demi-gobelet, cette fois — et dans un soudain débordement de vigueur se mit à esquisser quelques pas de danse. Cela irritait le capitaine, et elle le savait.

— Pour l'amour de Dieu, Léonore, monte te chausser.

En manière de réponse madame Penderton chantonna en sourdine un petit air guilleret, et passa devant le capitaine pour aller au salon.

Son mari l'y suivit. « Tu as l'air d'une souillon à circuler ainsi dans la maison. »

Un feu était préparé dans la grille et madame Penderton se pencha pour l'allumer. Son joli visage velouté avait des couleurs, et des gouttelettes de sueur perlaient sur sa lèvre supérieure.

— Les Langdon vont arriver d'une minute à l'autre maintenant. Tu ne vas pas t'asseoir à table dans cet attirail, je suppose ?

— Mais si, dit-elle. Pourquoi pas, vieux rigoriste ?

Le capitaine rétorqua d'une voix froide, tendue : « Tu me dégoûtes. »

Madame Penderton répondit par un rire soudain — rire à la fois harmonieux et sauvage, comme si elle venait d'apprendre une histoire scandaleuse longtemps attendue ou comme si elle avait pensé à un bon mot grivois. Elle enleva son jersey, le roula en boule et le jeta dans un coin de la pièce. Puis elle déboutonna posément sa culotte et en sortit ses jambes. En un moment, elle fut nue devant le feu. A la flamme orange et or, son corps était magnifique. Les épaules droites faisaient ressortir la ligne nette et pure des clavicules. Entre ses deux seins ronds serpentaient de délicates veines bleues. Dans quelques années, son corps serait un peu trop épanoui, comme une rose dont les pétales s'écartent, mais à ce moment la rondeur moelleuse était dominée et disciplinée par le sport. Bien qu'elle se tînt immobile et placide, son corps avait une subtile qualité de vibration, comme si en touchant sa chair blonde on devait sentir la vie du sang chaud qui courait dessous. Tandis que le capitaine la regardait avec l'indignation hébétée d'un homme qui vient de recevoir un soufflet, elle sortit sereine vers le vestibule et l'escalier. La porte de devant de la maison était ouverte, et, de la nuit sombre dehors, soufflait une brise qui souleva une des tresses de sa chevelure cuivrée.

Elle avait déjà gravi la moitié de l'escalier avant que le capitaine fût revenu de sa stupeur. Il courut après elle, tremblant et s'écriant d'une voix étranglée : « Je te tuerai. »

« Je le ferai ! Je le ferai ! » Il était accroupi une main sur la rampe et un pied sur la seconde marche de l'escalier comme s'il était prêt à bondir sur elle.

Elle se retourna lentement et le regarda de haut, indifférente, avant de parler. « Dis donc, petit, as-tu jamais été pris au collet, traîné dehors et rossé par une femme nue ? »

Le capitaine resta figé dans la même position. Puis il appuya sa tête sur son bras étendu et fit peser tout son poids sur la rampe. De sa bouche sortait un son âcre comme un sanglot, mais sans larmes sur le visage. Après un moment, il se redressa et s'essuya le cou avec son mouchoir. C'est alors seulement qu'il remarqua que la porte de devant était ouverte, la maison illuminée, et tous les stores levés. Il sentit son cœur se soulever. N'importe qui avait pu passer dans la rue sombre devant la maison. Il pensa au soldat qu'il avait quitté un moment auparavant à la lisière du bois. Même lui aurait pu voir ce qui s'était passé. Le capitaine jeta les yeux autour de lui avec effroi. Puis il rentra dans son cabinet, où il avait un carafon de vieux cognac très fort.

Léonore Penderton ne craignait ni homme, ni bête, ni diable. Quant à Dieu, elle ne le connaissait pas. La mention du nom du Seigneur lui faisait seulement penser à son vieux père qui faisait parfois une lecture de la Bible le dimanche après-midi. Du livre elle ne se rappelait que deux choses : l'une, que Jésus avait été crucifié en un lieu appelé le Calvaire ; l'autre, qu'il avait une fois voyagé à dos d'âne — or, qui faut-il être pour monter à âne ?

Dans l'espace de cinq minutes, Léonore avait oublié la scène avec son mari. Elle fit couler l'eau du bain et prépara ses vêtements pour le soir. Léonore Penderton faisait l'objet de vifs bavardages de la part des dames du poste. D'après elles, son passé et son présent formaient une masse compacte d'exploits amoureux. Mais la plus grande partie de ce que disaient ces dames n'était que racontars et conjectures — car Léonore Penderton était une personne qui savait se tenir et éviter les complications. Quand elle avait épousé le capitaine, elle était vierge. Quatre nuits après le mariage elle était encore vierge, à la cinquième nuit son état avait changé juste assez pour la laisser quelque peu indécise. Quant au reste, qui pouvait en parler ? Elle-même aurait probablement fait le compte de ses affaires d'après un système qui lui était propre : elle aurait attribué au vieux colonel de Leavenworth une demi-unité et au jeune lieutenant d'Hawaï plusieurs unités dans ses calculs. Mais maintenant, depuis deux ans, il n'y avait que le commandant Morris Langdon, personne d'autre. Il lui suffisait.

Au poste, Léonore Penderton jouissait de la réputation d'une bonne hôtesse, d'une excellente femme de sport, et même d'une grande dame. Cependant il y avait quelque chose en elle qui intriguait ses amis et connaissances. Ils sentaient la présence dans sa personnalité d'un élément qu'ils ne pouvaient pas tout à fait repérer. La vérité est qu'elle n'était pas très intelligente.

Ce fait attristant ne se révélait ni aux réunions, ni à l'écurie, ni aux dîners. Il n'y avait que trois personnes qui l'avaient percée à jour : son vieux père, le général, qui n'avait pas été sans inquiétude jusqu'à ce qu'il l'eût vue en sécurité dans le mariage ; son mari, qui considérait ce trait comme naturel chez toutes les femmes au-dessous de quarante ans ; et le commandant Morris Langdon, qui ne l'en aimait que mieux pour cela. Lorsqu'il devenait tout à fait nécessaire qu'elle écrivît une lettre, telle qu'un mot de remerciement à son oncle pour un chèque envoyé à l'occasion de son anniversaire, ou une lettre pour commander une nouvelle bride c'était toute une affaire. Suzie et elle s'enfermaient dans la cuisine en studieuse réclusion. Elles s'asseyaient à une table fournie en abondance de papier et de plusieurs crayons soigneusement taillés. Quand la dernière version était achevée et recopiée, elles étaient toutes deux épuisées et avaient grand besoin de savourer tranquillement une boisson réconfortante.

Léonore Penderton, ce soir-là, jouit beaucoup de son bain chaud. Elle passa sans hâte les vêtements qu'elle avait préparés sur son lit. C'était une simple jupe grise et un sweater de laine angora bleue. Elle mit des boucles d'oreilles de perle. Elle était en bas à sept heures. Les invités étaient arrivés.

Elle et le commandant firent honneur au dîner. Il y avait, pour commencer, une soupe claire. Avec le jambon, on avait servi des fanes de navets au jus, bien onctueuses, et des patates douces enrobées de sucre, d'une couleur d'ambre transparent sous la lumière, baignant dans un sirop aux riches reflets. Il y avait des petits pains et du pain à la cuiller, chaud. Suzie passa les légumes, puis posa les plats sur la table entre Léonore et le commandant, qu'elle savait gros mangeurs. Le commandant avait un coude sur la table, en homme qui se sent tout à fait chez lui. Sa figure rouge brun avait une expression mate de joviale cordialité ; il était très populaire auprès des officiers et des hommes. Sauf la mention de l'accident survenu à *Oiseau-de-Feu,* il n'y eut guère de conversation. Madame Langdon toucha à peine à son dîner. C'était une petite femme brune, fragile, avec un grand nez et une bouche sensible. Elle était malade et cela se voyait. Non seulement elle souffrait physiquement, mais elle avait été torturée jusqu'aux moelles par l'anxiété et le chagrin au point que maintenant elle était au bord de la folie. Le capitaine Penderton était assis très droit, les coudes au corps. Il eut un mot cordial pour féliciter le commandant d'une décoration qu'il avait reçue. Plusieurs fois pendant le repas, il donna une chiquenaude à son verre et écouta le son clair qui résonnait. Le dîner se termina par une tourte aux fruits chaude. Puis les quatre personnes passèrent au salon pour finir la soirée à jouer aux cartes et à converser.

« Amie, vous avez un sacré talent de cuisinière », dit le commandant épanoui.

Les quatre dîneurs n'avaient pas été seuls. Dans la nuit d'automne, de l'autre côté de la fenêtre, un homme les avait épiés en silence. Il faisait froid et l'odeur saine des pins rendait l'air coupant. Le vent chantait dans la forêt proche. Dans le ciel scintillaient des étoiles glacées. L'homme qui épiait était si près de la fenêtre que son souffle faisait une buée sur la vitre.

Le soldat Williams avait vu madame Penderton s'éloigner de la cheminée et monter l'escalier pour aller prendre son bain. Ce jeune soldat n'avait jamais de sa vie vu une femme nue. Il avait été élevé dans une famille où il n'y avait que des hommes. Son père, qui exploitait une petite ferme avec un seul mulet et prêchait le dimanche dans une chapelle sectaire, lui avait appris que les femmes portent en elles le germe d'une maladie contagieuse et terrible qui rend les hommes aveugles, infirmes, et les damne. A l'armée, il avait aussi beaucoup entendu parler de cette mauvaise maladie, et il y avait tous les mois une visite où le docteur examinait les hommes pour voir s'ils avaient eu des rapports avec des femmes. Le soldat Williams n'avait jamais parlé à une femme depuis l'âge de huit ans, et n'en avait jamais regardé ni approché aucune.

Il était resté tard à ramasser des brassées de feuilles d'automne mouillées et âcres, dans le bois. Sa tâche une fois finie, il avait traversé la pelouse du capitaine pour se rendre au réfectoire de la caserne. Par hasard, il avait levé les yeux vers le vestibule brillamment éclairé. Après, il n'avait pas pu prendre sur lui de continuer son chemin. Il était resté immobile dans la nuit silencieuse, les bras tombants. Quand il avait vu servir le jambon, au dîner, il avait avalé sa salive douloureusement. Mais il gardait les yeux fixés, d'un regard profond et grave, sur la femme du capitaine. L'expérience qu'il avait faite n'avait pas changé l'expression de son visage muet, mais de temps en temps il fermait à demi ses yeux d'or bruni, comme s'il formait dans son for intérieur quelque dessein subtil. Quand la femme du capitaine avait quitté la salle à manger, il était resté là quelque temps. Puis lentement il avait pris le chemin du retour.

La lumière derrière lui projetait sur le gazon uni son ombre longue et pâle. Le soldat marchait comme un homme sur qui pèse un rêve sombre et ses pas étaient silencieux.

2

De bonne heure le lendemain matin, le soldat Williams se rendit à l'écurie. Le soleil n'était pas encore levé et l'air était incolore et froid. Des rubans de brouillard laiteux s'attachaient à la terre humide et le ciel était d'un gris argenté. Le sentier qui conduisait à l'écurie passait devant un tertre d'où on avait une vue étendue du terrain réservé. Les bois avaient pris la coloration d'automne, et, parmi le vert foncé des pins, il y avait des taches mates de jaune et d'écarlate. Le soldat Williams avançait lentement sur le sentier recouvert de feuilles. De temps en temps il s'arrêtait et restait tout à fait immobile, comme s'il écoutait un appel lointain. Sa peau bronzée rougissait à l'air du matin et sur ses lèvres apparaissait encore la trace du lait qu'il avait bu au déjeuner. Flânant et s'arrêtant ainsi il arriva à l'écurie juste au moment où le soleil faisait son apparition dans le ciel.

Dans l'écurie, il faisait encore sombre et il n'y avait personne. L'air y était tiède, lourd, chargé d'une odeur aigre-douce. Passant entre les stalles, le soldat entendait le souffle placide des chevaux, coupé parfois d'un renâclement étouffé ou d'un court hennissement. Des yeux muets, lumineux se tournaient vers lui. Le jeune soldat tira de sa poche une enveloppe où il avait mis du sucre, et ses mains furent bientôt empoissées de salive tiède. Il entra dans la stalle d'une petite jument qui était près de mettre bas. Il caressa son ventre gonflé et lui prit, un instant, le cou dans ses bras. Puis il fit passer les mulets dans leur enceinte. Le soldat ne fut pas longtemps seul avec les bêtes ; bientôt les autres hommes arrivèrent prendre leur service. C'était samedi, jour de grand travail à l'écurie, car dans la matinée il y avait des leçons d'équitation pour les femmes et les enfants du poste. Bientôt l'écurie retentit d'un bruit de pas lourds et de conversations ; les chevaux s'agitèrent.

Madame Penderton fut une des premières personnes à arriver ce matin-là. Elle était, comme souvent, accompagnée du commandant Langdon. Le capitaine Penderton était venu avec eux, cette fois, alors que d'habitude il faisait sa promenade à cheval tard dans l'après-midi. Les trois s'assirent sur la palissade du paddock tandis qu'on sellait leurs montures. Le soldat Williams fit sortir *Oiseau-de-Feu* le premier. La blessure dont la femme du capitaine s'était plainte la veille avait été grandement exagérée. Sur la jambe gauche de devant, une légère plaie avait été badigeonnée de teinture d'iode. Au moment où il arriva en plein soleil, le cheval dilata ses naseaux nerveusement et tourna son long cou pour regarder autour de lui. Son pelage bien étrillé était doux comme du satin et dans sa crinière épaisse se jouaient des reflets de soleil.

Au premier abord, le cheval semblait trop grand et trop fortement membré pour un pur sang. Son train de derrière était large et charnu, ses jambes un peu épaisses. Mais son allure était gracieuse et pleine de feu ; et une fois, aux courses, il l'avait emporté sur son progéniteur, qui était champion. Quand madame Penderton l'eut monté, il rua deux fois et essaya de s'élancer vers l'allée cavalière. Puis, tirant sur les rênes, le cou arqué et la queue dressée, il se mit à piétiner de côté et ses naseaux se couvrirent d'écume. Pendant cette lutte entre cheval et cavalière, madame Penderton riait aux éclats et parlait à *Oiseau-de-Feu* d'une voix toute vibrante d'élan et d'excitation : « Allons, vieux rossard bien-aimé ! » La lutte cessa aussi soudain qu'elle avait commencé. A vrai dire, comme cette esbroufe se renouvelait tous les matins, on pouvait à peine parler de lutte. Quand le cheval, poulain de deux ans mal dressé, était arrivé à l'écurie, on pouvait prendre sa résistance au sérieux. Deux fois madame Penderton avait été désarçonnée, et une fois, lorsqu'elle rentra de sa course à cheval, les soldats virent qu'elle s'était mordue cruellement la lèvre inférieure et que son sweater et le devant de sa chemise étaient couverts de sang.

Mais maintenant, cette brève lutte journalière n'était plus qu'une pose théâtrale — une pantomime drôle jouée par les deux exécutants pour leur propre amusement et au bénéfice des spectateurs. Même lorsque sa bouche écumait, le cheval déployait une grâce dans la rébellion qui semblait indiquer qu'il savait qu'on le regardait. Et quand tout était fini, il restait tout à fait tranquille et émettait un soupir, à la manière d'un jeune mari qui soupire en riant et hausse les épaules au moment où il cède aux éclats bruyants d'une femme aimée. A l'exception de ces révoltes pour rire, le cheval était maintenant parfaitement dressé.

A tous ces cavaliers réguliers les hommes de l'écurie avaient donné des surnoms, dont ils se servaient entre eux. Le commandant Langdon était le Buffle — cela parce que, en selle, il penchait ses larges et lourdes épaules et baissait la tête. Le commandant était bon cavalier, et, quand il était jeune lieutenant, s'était fait une réputation au polo. D'autre part, le capitaine Penderton montait mal, bien qu'il n'en eût pas conscience. Il se tenait raide comme une baguette de fusil, dans la position que lui avait enseignée le maître d'équitation. Peut-être aurait-il cessé d'aller à cheval s'il avait pu se voir de derrière. Ses fesses s'étalaient flasques sur la selle. Pour cette raison les soldats l'appelaient Y-a-de-la-Fesse. Madame Penderton était simplement La Dame, si grande était l'estime où on la tenait à l'écurie.

Ce matin-là, les trois cavaliers partirent tranquillement au pas, madame Penderton en tête. Le soldat Williams resta à les regarder jusqu'à ce qu'il les perdît de vue. Bientôt il entendit, au bruit des sabots des chevaux sur le sol dur, qu'ils avaient pris le petit galop. Le soleil maintenant brillait plus clair et le ciel avait pris un ton bleu plus foncé, chaud et lumineux. Dans l'air frais flottait une odeur de crottin et de feuilles brûlées. Le soldat resta là si longtemps que le sergent s'approcha et lui cria à l'oreille : « Eh, inconscient, vas-tu bayer aux corneilles toute la matinée ? » On n'entendait plus le bruit des sabots des chevaux. Le jeune soldat releva les mèches de cheveux qui lui étaient tombées sur le front et se mit lentement à son travail. Il ne dit pas un mot de toute la journée.

Tard le soir, le soldat Williams mit un uniforme propre et partit dans les bois. Il longea la lisière du terrain réservé jusqu'à la parcelle de bois qu'il avait déblayée pour le capitaine Penderton. La maison n'était pas brillamment éclairée comme la veille. On ne voyait de lumière que dans la chambre de droite, au premier étage, et dans la véranda qui ouvrait sur la salle à manger. Quand le soldat s'approcha, il vit le capitaine seul à sa table de travail ; la femme du capitaine était donc dans la chambre éclairée au premier, dont les stores étaient baissés. La maison, comme toutes celles de la rangée, était de construction récente, de telle sorte que des arbustes n'avaient pas encore eu le temps de pousser dans les plates-bandes. Mais le capitaine avait fait transplanter douze grands houx le long des murs, afin que le jardin ne semblât pas trop nu. Garanti par le feuillage épais, le soldat ne pouvait pas être vu de la rue ni de la maison voisine. Il se trouvait si près de la fenêtre du capitaine, que, si elle avait été ouverte, il aurait pu le toucher en étendant la main.

Le capitaine Penderton était assis à son bureau, le dos tourné à la fenêtre. Il s'agitait continuellement en travaillant. Outre les livres et les papiers sur son bureau, il y avait un carafon, un thermos contenant du thé et une boîte de cigarettes. Il buvait tantôt du thé chaud tantôt du vin rouge. Toutes les dix ou quinze minutes il mettait une nouvelle cigarette dans son fume-cigarette en ambre. Il travailla jusqu'à deux heures du matin, tandis que le soldat l'épiait.

A partir de cette nuit-là, le soldat revint chaque soir, approchant par la forêt, surveillant tout ce qui se passait dans la maison du capitaine. Aux fenêtres de la salle à manger et du salon il y avait des rideaux de guipure à travers lesquels il pouvait voir sans être vu. Il se tenait sur le côté de la fenêtre, regardant obliquement, évitant ainsi que la lumière n'atteignît son visage. Rien d'important ne se passait à l'intérieur. Souvent les Penderton sortaient, pour ne rentrer qu'après minuit. Une fois ils eurent six invités à dîner. Ils passaient cependant la plupart des soirées avec le commandant Langdon, qui venait tantôt seul, tantôt accompagné de sa femme. Ils jouaient aux cartes, buvaient et causaient au salon. Le soldat ne perdait pas de vue la femme du capitaine.

Vers ce temps, un changement se manifesta chez le soldat Williams. Il avait toujours sa nouvelle habitude de s'arrêter soudain et de regarder longtemps le vide devant lui. S'il était en train de nettoyer une stalle ou de seller un mulet, il semblait tomber tout à coup en contemplation. Il restait immobile et quelquefois n'entendait pas lorsqu'on l'appelait. Le sergent remarqua cette particularité et s'en inquiéta. Il avait déjà observé ce curieux comportement chez de jeunes soldats atteints du mal du pays, et qui complotaient de « prendre la poudre d'escampette ». Mais quand le sergent posait des questions au soldat Williams, il répondait qu'il ne pensait à rien.

Le jeune soldat disait la vérité. Bien que son visage portât l'expression d'une concentration mentale, il n'y avait dans son esprit aucune idée, aucun plan dont il fût conscient. Au fond de lui, il y avait l'image de ce qu'il avait vu le soir où il était passé devant la maison du capitaine, brillamment éclairée. Mais il ne pensait pas activement à La Dame, ni à qui ou à quoi que ce fût. Cependant, il éprouvait le besoin de s'arrêter et d'attendre dans l'attitude de la concentration, car dans son for intérieur commençait une obscure et lente germination.

Quatre fois dans les vingt ans qu'il avait vécus, le soldat avait agi de son propre mouvement, sans pression venue de l'extérieur. Chacune de ces quatre actions avait été précédée d'une de ces périodes étranges de contemplation. La première action fut l'achat soudain, inexplicable d'une vache. A l'âge de dix-sept ans il avait mis de côté cent dollars, gagnés à labourer et à récolter du coton. Avec cet argent il acheta une vache, qu'il appela Rubis. Il n'y avait nul besoin d'une vache à la ferme, si médiocre, de son père. La vente du lait leur était interdite, car l'étable mal conditionnée ne répondait pas aux exigences du gouvernement, et le lait de la vache était trop abondant pour le petit groupe de famille. Les matins d'hiver le gars se levait avant le jour et allait à l'étable avec une lanterne. Il s'appuyait le front sur le flanc chaud de la vache, la trayait et lui adressait tout bas des paroles caressantes et pressantes. Il trempait ses deux mains faisant coupe dans le seau de lait mousseux et buvait à lentes gorgées.

La seconde action fut la déclaration soudaine et violente de sa foi en Dieu. Il avait toujours pris place sans bouger sur un des bancs du fond, dans l'église où son père prêchait, le dimanche. Mais un soir alors que toute la région était mise en émoi par un « réveil religieux », il bondit soudain sur l'estrade. Il invoqua Dieu en une salve d'exclamations farouches et se tordit en convulsions sur le plancher. Après cela, il était resté épuisé pendant une semaine et il n'avait jamais retrouvé la même ardeur spirituelle.

La troisième action fut un crime qu'il commit et réussit à cacher. La quatrième, fut son engagement dans l'armée.

Chacun de ces événements s'était accompli très soudainement sans qu'il eût consciemment fait aucun plan. Pourtant, d'une certaine manière, il les avait préparés. Par exemple, juste avant l'achat de la vache, il était resté longtemps à contempler l'espace vide, puis avait débarrassé un appentis adossé à la grange, dont on se servait comme débarras ; quand il amena la vache, il y avait une place prête pour la recevoir. De même, il avait mis en ordre son pauvre saint-frusquin, avant de s'engager. Mais il ne savait pas d'une façon précise qu'il allait acheter une vache avant de compter son argent et de mettre la main sur le licol. Et ce fut seulement lorsqu'il franchit le seuil du bureau de recrutement que ses impressions brumeuses se condensèrent en la pensée qu'il allait se faire soldat.

Pendant environ deux semaines le soldat Williams vint secrètement en reconnaissance vers la demeure du capitaine. Il nota les habitudes de la maisonnée. La servante allait généralement se coucher à dix heures. Quand madame Penderton passait la soirée chez elle, elle montait vers onze heures à sa chambre et la lumière ne tardait pas à s'éteindre. Le capitaine en général travaillait de dix heures et demie environ à deux heures du matin.

La douzième nuit, le soldat traversa les bois encore plus lentement que d'habitude. De loin, il vit que la maison était éclairée. La lune brillait blanche dans le ciel, et l'air, saupoudré d'argent, était froid. Quand il traversa la pelouse, il était parfaitement visible. Il avait changé ses godillots pour des souliers de tennis ; dans sa main droite, il tenait un couteau de poche. Du salon venait un bruit de voix. Le soldat vint tout près de la fenêtre.

— Servez-moi bien, Morris, dit Léonore Penderton. Donnez-moi une belle main, cette fois.

Le commandant Langdon et la femme du capitaine jouaient au misti. Les enjeux n'étaient pas à dédaigner. Si le commandant ramassait tous les jetons sur la table, il avait droit à *Oiseau-de-Feu* pendant une semaine ; si c'était Léonore, elle gagnait une bouteille de sa marque favorite de whisky. Depuis une heure, le commandant faisait main basse sur presque tous les jetons. La flamme du foyer rougissait son visage aux traits réguliers et il battait un pas militaire avec son talon sur le plancher. Ses cheveux noirs grisonnaient aux tempes. Sa moustache coupée ras était déjà poivre et sel. Il était en uniforme. Ses fortes épaules se penchaient en avant et il semblait parfaitement réjoui, sauf lorsqu'il dirigeait ses regards du côté de sa femme ; alors ses yeux clairs devenaient inquiets et suppliants. En face de lui, Léonore avait un air sérieux et attentif, essayant d'additionner quatorze et sept sur ses doigts sous la table. A la fin elle posa ses cartes sur la table.

— Suis-je nettoyée ?

— Non, chère amie, dit le commandant. Vingt et un, exactement, et le misti.

Le capitaine Penderton et madame Langdon étaient assis devant le feu. Ni l'un ni l'autre ne se sentait à l'aise. Ils étaient nerveux tous deux et avaient causé, avec une vivacité guindée, de jardinage. Il y avait des raisons à cette nervosité. L'atmosphère était tendue. Depuis quelques jours, le commandant n'était plus le même Roger Bontemps que tous connaissaient. Et même Léonore sentait vaguement la dépression générale. L'une des raisons était qu'une chose étrange et tragique avait fait irruption, quelques mois auparavant, dans ce groupe de quatre personnes. Ils étaient ensemble, un soir tard, comme aujourd'hui, lorsque tout à coup madame Langdon, qui avait 39° de fièvre, quitta la chambre et courut chez elle. Le commandant ne la suivit pas, étant dans un état de somnolence sous l'influence du whisky. Un long moment après, Anacleto, le domestique philippin des Langdon, arriva en courant et en gémissant, le visage si révulsé que tous se précipitèrent à sa suite sans un mot. Ils trouvèrent madame Langdon tombée sans connaissance, après s'être coupé les deux bouts de seins avec des cisailles de jardin.

« Quelqu'un veut-il boire ? » demanda le capitaine.

Ils avaient tous soif et le capitaine alla à la cuisine chercher une autre bouteille d'eau gazeuse. Son état d'inquiétude venait de ce qu'il savait que les choses ne pouvaient pas continuer longtemps comme elles étaient. Et bien que la liaison de sa femme avec le commandant Langdon fût un tourment pour lui, il ne pouvait penser à aucun changement vraisemblable sans effroi. A vrai dire, son tourment était assez spécial, car il était également jaloux de sa femme et de l'amant de sa femme. Depuis un an, il éprouvait pour le commandant un sentiment ému qui ressemblait étonnamment à de l'amour. Il désirait plus que tout se distinguer aux yeux de cet homme. Il portait son cocuage avec une bonne grâce cynique qui lui valait le respect de tout le poste. A ce moment, tandis qu'il emplissait le verre du commandant, sa main tremblait.

« Vous travaillez trop, Weldon, dit le commandant. Et permettez-moi de vous dire une chose : cela n'en vaut pas la peine. Votre santé doit passer avant tout. Où en seriez-vous si vous la perdiez ? Léonore, voulez-vous reprendre une carte ? »

En versant à madame Langdon du whisky et de l'eau gazeuse, le capitaine Penderton évitait de la regarder. Il la détestait au point qu'il pouvait à peine supporter de diriger ses yeux sur elle. Elle était assise immobile et raide devant le feu, occupée à tricoter. Son visage était mortellement pâle, ses lèvres légèrement enflées et gercées. Elle avait des yeux noirs doux, brillants de fièvre. Elle avait vingt-neuf ans, deux ans de moins que Léonore. On disait qu'elle avait eu une belle voix autrefois, mais personne au poste ne l'avait jamais entendue chanter. Regardant ses mains, le capitaine eut la nausée. Ses mains étaient très minces, presque décharnées, avec de longs doigts fragiles et un réseau de veines vertes des jointures au poignet. Elles ressortaient avec une pâleur maladive sur le sweater de laine écarlate qu'elle tricotait. Souvent, d'une manière astucieuse et mesquine, le capitaine essayait de blesser cette femme. Il la détestait d'abord en raison de sa complète indifférence à son égard. Il ne pouvait souffrir non plus qu'elle lui eût rendu un service : elle connaissait, et avait gardé pour elle, un fait qui, s'il s'était répandu, aurait mis le capitaine dans la détresse.

— Encore un sweater pour votre mari ?

— Non, répondit-elle d'un ton calme, je n'ai pas encore décidé à qui je le destine.

Alison Langdon avait terriblement envie de pleurer. Elle pensait à sa petite fille, Catherine, qui était morte il y avait trois ans. Elle pensait qu'elle devrait rentrer et demander à son boy, Anacleto, de l'aider à se préparer pour la nuit. Elle souffrait et se sentait nerveuse. Le fait même de ne pas savoir pour qui elle tricotait ce sweater l'irritait. Elle ne s'était mise à tricoter que lorsqu'elle avait appris l'infidélité de son mari. D'abord elle avait fait plusieurs sweaters pour lui. Puis elle avait tricoté un costume pour Léonore. Pendant les premiers mois, elle ne pouvait pas croire qu'il la trompait si brutalement. Lorsque enfin, elle s'était détachée de son mari avec mépris, elle s'était désespérément tournée vers Léonore. On vit se former une de ces amitiés particulières entre la femme trompée et l'objet de l'amour de son mari. Elle savait que cet attachement morbide, bâtard de la révolte et de la jalousie, était indigne d'elle. Il avait disparu de lui-même. Maintenant elle sentait les larmes lui venir aux yeux et but un peu de whisky pour se remonter, bien que l'alcool lui fût défendu à cause de son cœur. D'ailleurs, elle n'en aimait pas le goût. Elle préférait de beaucoup une goutte de liqueur sucrée, ou un peu de xérès, ou même à tout prendre une tasse de café. Elle but du whisky parce qu'il y en avait là, que les autres en prenaient et qu'il n'y avait rien d'autre à faire.

— Weldon ! s'écria le commandant tout à coup, votre femme triche ! Elle a soulevé le coin de la carte pour voir si c'était une de celles qu'il lui fallait.

— Non, ce n'est pas vrai. Vous m'avez surprise avant que je n'aie eu le temps de voir.

— Vous m'étonnez, Morris, dit le capitaine Penderton ; ne savez-vous pas qu'on ne peut jamais se fier à une femme au jeu de cartes ?

Madame Langdon suivit ce badinage amical avec cette attitude d'une personne sur la défensive qu'on voit souvent chez les gens qui ont été longtemps malades, et dépendent de l'attention, ou de l'indifférence, des autres. Depuis le soir où elle s'était précipitée chez elle et s'était si horriblement blessée, elle éprouvait à l'égard d'elle-même honte et dégoût. Elle était sûre que tous ceux qui la regardaient devaient penser à ce qu'elle avait fait. De fait, le scandale ne s'était pas répandu ; à part les témoins immédiats, le docteur et l'infirmière étaient les seuls qui fussent au courant, ainsi que le jeune domestique philippin qui était entré chez madame Langdon à l'âge de dix-sept ans et adorait sa maîtresse. Or voici que madame Langdon cessa de tricoter et porta ses mains à ses joues. Elle savait qu'elle devrait se lever, quitter la pièce, et rompre avec son mari. Mais depuis quelque temps elle se sentait accablée par une terrible impuissance. Où irait-elle, après ? Quand elle essayait d'y penser, d'étranges fantaisies lui venaient à l'esprit et elle se sentait poursuivie par de folles obsessions. Elle en était venue au point d'avoir peur d'elle, autant qu'elle avait peur des autres. Cependant, incapable de se décider à partir, elle avait le sentiment qu'un grand désastre la menaçait.

— Qu'y a-t-il, Alison ? demanda Léonore. Est-ce que vous avez faim ? Il y a des tranches de poulet dans la glacière. » Depuis quelques mois, Léonore parlait à madame Langdon d'une manière surprenante. Elle formait les mots en tendant les joues et en arrondissant les lèvres, et employait des termes simples et enfantins, comme on fait pour les idiots. « Du blanc ou de la chair brune, au choix. *Très* bon. Ummm. »

— Non, merci.

— Es-tu sûre, chérie, que tu n'as besoin de rien ? demanda le commandant.

— Tout va très bien. Mais, si cela ne te fait rien... voudrais-tu ne pas taper du talon sur le plancher ? Cela me donne sur les nerfs.

— Pardon.

Le commandant retira ses jambes de dessous la table et les croisa, se tournant de côté sur sa chaise. Il essayait de se persuader que sa femme ne savait rien de sa liaison. Cependant, cette pensée apaisante devenait de plus en plus difficile à caresser ; l'ennui de ne pas savoir exactement ce qu'il en était lui avait donné des hémorroïdes et avait presque démoli sa digestion. Il se disait que la tristesse trop visible de sa femme était un de ces états morbides qu'ont les femmes, auquel il ne pouvait rien. Il se souvenait d'un incident survenu quelque temps après leur mariage. Il avait emmené Alison à la chasse aux cailles. Bien qu'elle sût manier un fusil, elle n'avait jamais tiré des oiseaux au vol. Ils avaient levé une couvée et il se rappelait encore le dessin que formaient les oiseaux contre le ciel, où se couchait le soleil d'hiver. Comme il s'occupait de suivre les gestes d'Alison, il n'avait abattu qu'un volatile, et, par galanterie, affirma que c'était elle qui l'avait touché. Mais quand elle prit l'oiseau de la gueule du chien, elle pâlit.

Comme l'oiseau vivait encore, il l'assomma en lui frappant négligemment la tête contre sa botte, et le lui tendit. Elle tint le petit corps chaud, ébouriffé, tout déformé par la chute, et fixa les petits yeux noirs, devenus vitreux Puis elle fondit en larmes. C'est ce que le commandant appelait des émois morbides de femme ; et un homme n'avait que faire de s'y arrêter. Plus récemment, quand le commandant s'inquiétait au sujet de sa femme, il pensait instinctivement, pour s'innocenter, à un certain lieutenant Weincheck qui commandait une compagnie dans son bataillon et qui était un grand ami d'Alison. Aussi, comme ce soir-là l'expression du visage de sa femme le troublait, il dit, pour se rassurer :

— Tu dis que tu as passé l'après-midi avec Weincheck ?

— Oui, je suis allée le voir.

— Bon. Comment l'as-tu trouvé ?

— Assez bien.

Elle décida incontinent de donner le sweater

au lieutenant Weincheck, se disant qu'il n'était pas trop large des épaules et qu'il lui serait utile.

— Cet homme ! dit Léonore, je me demande ce qui peut bien vous intéresser en lui, Alison. Oui, je sais que vous avez les mêmes goûts et que vous parlez avec lui de sujets savants. Il est pour moi d'une politesse agaçante. Il ne peut me souffrir, et me donne de la « Madame », long comme le bras. Imaginez un peu !

Madame Langdon esquissa un sourire contraint, mais ne fit aucun commentaire.

Nous devons au lieutenant Weincheck de lui consacrer quelques mots, bien que personne, à part madame Langdon, ne lui accordât aucune importance. Dans le service, il faisait pauvre figure, ayant presque atteint l'âge de cinquante ans sans avoir pu gagner ses galons de capitaine. Sa vue faiblissait et on ne tarderait pas à le mettre à la retraite. Il avait un appartement dans un des immeubles réservés aux lieutenants célibataires, dont la plupart étaient sortis récemment de l'école de West Point. Dans ses deux petites chambres s'entassaient des objets accumulés pendant toute sa vie, y compris un piano à queue, une collection de disques de phonographe, plusieurs centaines de livres, un gros chat angora et une douzaine de plantes en pots. Il avait fait pousser une plante grimpante verte sur les murs de son cabinet, et on était exposé à trébucher sur une boutelle à bière vide ou sur une tasse à café posée par terre. Enfin, ce vieux lieutenant jouait du violon. On entendait souvent, venant de sa chambre, le son perdu de quelque mélodie sévère faisant partie d'un trio ou d'un quatuor à cordes, ce qui faisait se gratter la tête ou cligner de l'œil les jeunes officiers qui passaient dans le corridor. Madame Langdon lui faisait souvent visite dans l'après-midi. Elle jouait avec lui des sonates de Mozart, ou buvait du café et mangeait des bonbons au gingembre au coin du feu. Entre autres désavantages, le lieutenant avait celui d'être pauvre, car il essayait de faire les frais des études de deux neveux. Il lui fallait pratiquer beaucoup de mesquines petites économies pour joindre les deux bouts, et son unique uniforme de grande tenue était si abîmé qu'il n'allait qu'aux invitations officielles obligatoires. Lorsque madame Langdon apprit qu'il faisait lui-même son raccommodage, elle prit l'habitude d'apporter son ouvrage chez le lieutenant et de repriser ses sous-vêtements en même temps que ceux de son mari. Quelquefois, elle et lui sortaient dans l'automobile du commandant pour aller au concert dans une ville à cent cinquante milles de là. En ces occasions, ils emmenaient Anacleto avec eux.

« Je mets toutes mes chances sur ce seul coup et si je gagne, je ramasserai tous les jetons, dit madame Penderton. Il est temps d'en finir. »

Comme c'était son tour de faire, elle s'arrangea pour prendre un as et un roi, qu'elle avait laissés tomber sur son giron, et pour se donner le misti. Tout le monde vit la manœuvre et le commandant gloussa. On remarqua aussi que le commandant tapota la cuisse de Léonore sous la table, avant de reculer sa chaise. A ce moment, madame Langdon se leva et remit son tricot dans son sac.

— Il faut que je rentre, dit-elle. Mais reste, toi Morris ; il est trop tôt pour terminer la soirée. Bonne nuit, tout le monde.

Madame Langdon sortit d'un pas lent et raide, et, quand elle eut fermé la porte, Léonore dit :

— Je me demande de quoi elle souffre maintenant.

— Qui le sait ? dit le commandant d'un ton apitoyé. Mais je pense qu'il va me falloir partir aussi. Allons, faisons une dernière partie.

Le commandant quitta à regret la pièce douillette, et, après avoir dit bonsoir aux Penderton, s'arrêta un moment dans l'allée devant la maison. Il regardait les étoiles et pensait que la vie souvent n'est pas gaie. Il se souvint de leur petite fille qui était morte. Quel chaos que l'existence ! Pendant le travail de l'accouchement Alison se tenait agrippée à Anacleto (car lui, le commandant, ne pouvait supporter cela) et elle avait crié pendant trente-six heures sans désemparer. Et quand le médecin disait : « Vous ne faites pas assez d'efforts, poussez », le petit Philippin poussait aussi, les genoux pliés, la sueur lui coulant du visage, répondant à Alison, gémissement pour gémissement. Quand tout fut fini, ils découvrirent que le bébé avait deux doigts réunis l'un à l'autre par une membrane, et le commandant pensait que s'il avait dû toucher ce bébé, il en aurait frémi du haut en bas.

Cela avait traîné pendant onze mois. Ils étaient alors en garnison dans le Middle West. Le commandant rentrait, après avoir marché dans la neige, pour trouver tout juste une assiette froide de thon en salade dans la glacière, et des médecins et des nurses par toute la maison. Anacleto, au premier étage, déployait un lange à la lumière pour juger des selles, ou tenait le bébé dans ses bras tandis qu'Alison marchait de long en large dans la chambre, les dents serrées. Quand tout fut fini, le commandant ne put éprouver qu'un soulagement. Mais pas Alison ! Quelle amertume, quelle glace l'événement lui avait laissées ! Et elle était devenue sacrément difficile à vivre ! Oui, l'existence est morose.

Le commandant ouvrit la porte et vit Anacleto qui descendait l'escalier du premier. Le petit Philippin marchait avec grâce et componction. Il portait des sandales, un pantalon gris et une blouse de toile bleue. Son petit visage plat était d'une pâleur de lait et ses yeux noirs brillaient. Il ne sembla pas voir le commandant ; mais quand il fut en bas de l'escalier, il leva lentement la jambe droite, les orteils infléchis comme ceux d'une ballerine, et dessina dans l'air un mouvement de danse.

— Idiot ! dit le commandant. Comment est-elle ?

Anacleto leva les sourcils et ferma ses délicates paupières blanches, très lentement. — *Très fatiguée.*

— Ah ! dit le commandant furieux ; car il n'entendait pas un mot de français. Vôoulez vôu rôunè môunè môu ! Je dis, comment se trouve-t-elle ?

— *C'est les...* » Mais Anacleto ne faisait que commencer l'étude du français et il ne savait pas le mot qu'il voulait dire. Cependant, il compléta sa réponse, avec le sérieux le plus impressionnant, par « *Maître corbeau, sur un arbre perché* ». Il s'arrêta, claqua des doigts, et ajouta pensivement, comme s'il se parlait à lui-même :

— Un bouillon chaud, présenté d'une façon très attrayante.

— Préparez-moi un cordial Old Fashioned, dit le commandant.

— Je le fais soudain », dit Anacleto. Il savait parfaitement que « soudain » ne peut pas s'employer pour « immédiatement », car il parlait un anglais pur, soigneusement articulé, d'une voix qui était exactement celle de madame Langdon ; il n'avait fait cette faute que pour vexer le commandant. « Je le ferai dès que j'aurai arrangé le plateau et veillé au confort de madame Alison. »

Le commandant suivit ces préparatifs sur sa montre : trente-huit minutes ! Le petit Philippin se démena dans la cuisine d'un pas léger et alla chercher dans la salle à manger un vase de fleurs. Le commandant le regardait, ses poings velus sur ses hanches. Pendant tout ce temps, Anacleto tint avec lui-même un bavardage animé, à demi-voix. Le commandant saisit quelques mots au sujet de M. Rodolphe Serkin et d'un chat qui marchait sur un comptoir de bonbons, le poil tout hérissé d'épluchures de cacahuètes. Cependant, le commandant prépara lui-même son cordial et fit frire deux œufs. Quand, au bout de trente-huit minutes, le plateau fut prêt, Anacleto resta debout, les jambes croisées, les mains jointes derrière la tête, et se balança doucement.

« Nom de Dieu ! Vous êtes un oiseau rare ! dit le commandant. Je vous mènerais bon train si je pouvais vous avoir dans mon bataillon ! »

Le petit Philippin haussa les épaules. On savait ce qu'il pensait : que le Seigneur avait gaffé lourdement quand il avait créé tous les humains, excepté lui et madame Alison — excepté aussi les gens de théâtre, ballerines, grands artistes et autres prodiges qu'on voyait sur les planches. Il contempla le plateau avec satisfaction. Il y avait mis un dessus en linon jaune, une cruche d'eau chaude en poterie marron, une tasse, et deux cubes à bouillon. Dans le coin à droite, il y avait un petit vase chinois bleu avec un bouquet de marguerites d'automne. D'un geste compassé, Anacleto arracha trois pétales bleus et les disposa sur le napperon jaune. Au fond, il n'était pas aussi guilleret qu'il en avait l'air. Parfois, ses yeux trahissaient l'inquiétude, et souvent il lançait au commandant un coup d'œil rapide, subtil et accusateur.

« C'est moi qui vais monter le plateau », dit le commandant, car il voyait que ce qu'avait préparé Anacleto ferait plaisir à sa femme, et qu'il en recueillerait le mérite.

Alison était assise dans son lit, soutenue par des oreillers, avec un livre. Les lunettes qu'elle avait mises pour lire avaient transformé son visage, qui paraissait tout yeux et nez, et les coins de sa bouche étaient marqués d'un bleu de mauvais aloi. Elle portait une chemise de nuit de toile blanche et une chaude liseuse de velours rose. La chambre était silencieuse et un feu brûlait dans la cheminée. Il y avait peu de meubles, et la pièce, avec son épaisse carpette grise et ses rideaux cerise, était d'une simplicité nue. Tandis qu'Alison buvait son bouillon, le commandant, l'esprit vide, était assis sur une chaise près du lit et essayait de trouver quelque chose à dire. Anacleto retapait le lit. Il sifflait un air vif, triste et clair.

— Dites, madame Alison, dit-il tout à coup ; vous sentez-vous assez bien pour discuter de quelque chose avec moi ?

Elle posa sa tasse et ôta ses lunettes.

— Et de quoi s'agit-il ?

— Voici ! Anacleto approcha un tabouret du

lit et tira, d'un geste affairé, des bouts d'étoffe de sa poche. « Ce sont des échantillons que j'ai commandés pour que nous les regardions. Vous rappelez-vous qu'il y a deux ans, quand nous sommes passés devant le magasin de Peck and Peck, à New York, je vous ai montré un costume vraiment fait pour vous. » Il choisit un des échantillons et le lui passa. — Voici l'étoffe qui conviendra parfaitement.

— Mais je n'ai pas besoin de costume, Anacleto, dit-elle.

— Oh, mais si ! Il y a un an que vous n'avez rien acheté en fait de vêtements. Et la robe verte est *bien usée* aux coudes, bonne pour l'armée du Salut.

Quand Anacleto sortit son expression française, il jeta au commandant un coup d'œil de malice amusée. Le commandant se sentait toujours mal à l'aise de les entendre parler entre eux dans cette chambre tranquille. Leurs voix et l'énonciation des mots étaient si exactement semblables qu'on aurait dit qu'ils se faisaient écho. La seule différence était que Anacleto parlait avec volubilité sans reprendre haleine, tandis que la voix d'Alison était mesurée et calme.

— Combien est-ce ? demanda-t-elle.

— C'est cher. Mais on ne pourrait avoir une aussi belle qualité à moins. Et pensez que cela durera plusieurs années.

Alison reprit son livre.

— Nous verrons.

— Pour l'amour de Dieu, n'hésite pas, fais-toi faire ce vêtement, dit le commandant. Cela l'ennuyait de voir Alison chipoter.

— Et pendant que nous y serons nous pourrions acheter un mètre de plus pour me faire une veste, dit Anacleto.

— Entendu ; si je me décide à faire cet achat.

Anacleto prépara la médecine d'Alison et fit une grimace de sympathie tandis qu'elle la buvait. Il lui mit une chaufferette électrique près d'elle dans le lit et lui brossa les cheveux. En sortant de la chambre, il ne put passer devant la grande glace sur la porte du cabinet de toilette sans s'arrêter, se regarder, lever un pied la pointe en avant et pencher la tête de côté.

Puis il se tourna vers Alison et se mit à siffler.

— Quel est cet air ? Le lieutenant Weincheck et vous le jouiez jeudi dernier.

— Le premier temps de la sonate en *la* majeur de Franck.

— Ah ! dit Anacleto d'un ton animé. Cela vient de me faire composer un ballet, à l'instant. Des rideaux en velours noir et une lumière de crépuscule d'hiver. Mouvement lent ; toute la troupe en scène. Un faisceau de lumière pour la soliste — effet flamboyant, avec la valse que jouait M. Serge Rachmaninoff. Le finale revient au motif de Franck... » Il fixa Alison de ses yeux étranges, scintillants. Ivre !

Sur quoi, il se mit à danser. On l'avait mené aux ballets russes l'année précédente et il en était resté profondément impressionné ! Pas une évolution, pas un geste ne lui avaient échappé. Sur la carpette grise, il exécutait une figure de ballet dont le mouvement se ralentit jusqu'à ce qu'il se tînt immobile, ses pieds chaussés de sandales croisés l'un sur l'autre et ses doigts levés et rapprochés dans une attitude méditative. Puis, sans prévenir, il tourbillonna et exécuta un petit solo furieux. On devinait d'après son visage qu'il se voyait sur une immense scène, le point central d'un spectacle éblouissant. Alison était pleine de joie. Le commandant regardait l'un puis l'autre, intrigué et méprisant. La fin de la danse fut une satire ivre du commencement. Anacleto, en terminant, prit une drôle de petite pose, le coude dans la main et le poing au menton avec une expression d'étonnement égaré.

Alison éclata de rire. « Bravo ! bravo ! Anacleto ! »

Ils rirent ensemble et le petit Philippin s'appuya contre la porte, heureux, un peu étourdi. Enfin, il reprit haleine et s'écria d'un air émerveillé. « Avez-vous remarqué comme « bravo » et « Anacleto » vont bien ensemble ? »

Alison s'arrêta de rire et fit un signe de tête affirmatif. « Oui, Anacleto, je me le suis dit souvent. »

Le petit Philippin hésita sur le pas de la porte. Il regarda tout autour de la chambre, pour s'assurer que rien ne manquait. Puis il regarda Alison bien en face et ses yeux prirent une expression entendue et triste. « Appelez-moi, si vous avez besoin de moi », dit-il brièvement.

Ils l'entendirent commencer à descendre l'escalier lentement, puis se mettre à sauter les marches. En bas, il avait dû essayer quelque chose de trop ambitieux, car il y eut un coup sourd. Quand le commandant arriva au haut de l'escalier, Anacleto se ramassait avec dignité.

« S'est-il fait mal ? » demanda Alison d'une voix anxieuse.

Anacleto leva vers le commandant des yeux pleins de larmes de rage, et cria : « Tout va bien, madame Alison. »

Le commandant se pencha en avant, et, formant avec sa bouche des paroles muettes, fit comprendre à Anacleto : « J'aurais voulu que tu te casses le cou. »

Anacleto sourit, haussa les épaules, et se dirigea en boitillant vers la salle à manger. Quand le commandant revint vers sa femme, il la trouva occupée à lire. Elle ne leva pas les yeux vers lui ; il retraversa le vestibule et entra dans sa chambre en faisant claquer la porte. Sa chambre était petite, sans beaucoup d'ordre, n'ayant pour ornements que les coupes qu'il avait gagnées aux concours hippiques. Sur la table de nuit, il y avait un livre — livre de littérature difficile, dont la page était marquée par une allumette. Le commandant tourna environ quarante pages, représentant la lecture d'une soirée, et marqua la nouvelle page par l'allumette. Puis, de dessous une pile de chemises dans sa commode il tira un magazine, *Science Fiction*. Il s'installa confortablement dans le lit et lut une histoire fantastique de guerre interplanétaire.

De l'autre côté du vestibule, sa femme avait

posé son livre et s'était étendue. Son visage était contracté de douleur et ses yeux noirs brillants parcouraient sans cesse tout le pourtour de la chambre. Elle essayait de faire des plans. Elle demanderait le divorce, certainement. Mais comment s'y prendrait-elle? Et surtout comment Anacleto et elle s'arrangeraient-ils pour gagner leur vie. Elle avait toujours éprouvé du mépris pour les divorcées sans enfants qui acceptaient une pension alimentaire, et tout ce qui lui restait d'orgueil s'attachait au refus de vivre sur l'argent de son mari, après qu'elle l'aurait quitté. Mais comment s'en tirer, elle et Anacleto ? Elle avait enseigné le latin dans une pension de jeunes filles l'année d'avant son mariage ; mais, dans l'état de santé où elle était, il n'y fallait plus penser. Une librairie quelque part ? Il faudrait que ce soit un magasin qu'Anacleto pourrait tenir, quand elle serait malade. Pourraient-ils, à eux deux, fréter un bateau pour la pêche au bouquet et à la crevette? Elle avait un jour parlé avec des pêcheurs, sur la côte.

C'était une de ces journées bleu et or, au bord de la mer, et ils lui avaient dit beaucoup de choses. Anacleto et elle resteraient toute la journée en mer, après avoir tendu leurs filets. L'air salin, l'océan, le soleil ! Alison tourna et retourna sa tête douloureusement sur l'oreiller. Quelles vaines pensées !

Quel choc, il y avait huit mois, quand elle avait découvert la trahison de son mari ! Le lieutenant Weincheck, Anacleto et elle étaient partis pour la ville avec l'intention d'y rester deux jours et deux nuits pour un concert et une pièce de théâtre. Mais le second jour, elle se sentit fiévreuse et ils décidèrent de rentrer. Tard dans l'après-midi, Anacleto l'avait déposée à l'entrée du jardin et était allé remiser la voiture au garage. Elle s'était arrêtée dans l'allée pour regarder quelques plantes. Il faisait presque nuit et il y avait de la lumière dans la chambre de son mari. La porte d'entrée était fermée à clef, et, à travers la vitre, elle vit le manteau de Léonore sur le coffre dans le vestibule. Elle se demanda pourquoi, si les Penderton étaient là, la porte d'entrée était fermée à clef. Alors elle se dit qu'ils étaient en train de préparer des cocktails pendant que Morris prenait son bain. Elle fit le tour jusqu'à la porte de derrière. Mais avant qu'elle n'entrât dans la maison, Anacleto se précipita au haut de l'escalier qu'il descendit en courant, le visage horrifié. Il lui dit à voix basse qu'il fallait qu'ils retournent à la ville où ils avaient oublié quelque chose. Et quand, abasourdie, elle se dirigea vers l'escalier et commença à le gravir, il la prit par le bras et lui dit d'un ton péremptoire : « N'entrez pas, madame Alison ! »

Quelle révélation ! Anacleto et elle remontèrent dans l'auto et repartirent. L'humiliation d'apprendre que cela se passait dans sa propre maison — c'est ce qu'elle ne pouvait accepter. Quelques instants après, lorsqu'ils ralentirent en arrivant au poste de garde, la sentinelle, jeune recrue qui ne les connaissait pas, les arrêta — incident inopportun. Le soldat examina avec insistance l'intérieur du petit coupé, comme s'ils pouvaient y cacher une mitrailleuse, puis resta à fixer Anacleto, qui, en dépit de l'air dégagé que lui donnait sa veste orange foncé, était prêt à fondre en larmes. Le soldat demanda le nom, sans grande conviction.

Elle n'oublierait jamais le visage de ce soldat. Dans l'émotion du moment, elle avait toutes les peines du monde à émettre le nom de son mari. Le jeune soldat attendait, ouvrant de grands yeux, ne disant rien. Plus tard, elle avait revu ce soldat à l'écurie, quand elle était allée chercher Morris en auto. Il avait l'expression étrange, absente, d'un visage à la Gauguin. Ils se regardèrent une bonne minute, jusqu'à ce qu'arrivât l'officier.

Anacleto et elle roulèrent trois heures dans le froid, sans se parler. Et c'est après cela qu'elle se mit, pendant la nuit de malaise et d'agitation qui suivit, à faire des plans illusoires, qui, dès que le soleil se montrerait, paraîtraient absurdes. Le lendemain soir, elle s'était échappée de chez les Penderton, avait couru chez elle et avait fait cette chose horrible. Elle avait vu les cisailles de jardin accrochées au mur, et, égarée de colère et de désespoir, elle avait essayé de se suicider d'un coup de la pointe. Mais les cisailles étaient émoussées. Elle avait dû perdre la tête, car elle ne savait pas elle-même comment le reste était arrivé.

Le souvenir de ces terribles moments fit frissonner Alison et elle se cacha la tête dans les mains. Elle entendit son mari ouvrir sa porte et poser ses chaussures dans le vestibule. Elle ferma précipitamment l'électricité.

Le commandant avait fini de lire son magazine et l'avait de nouveau caché dans le tiroir. Il but un dernier grog, puis s'étendit confortablement dans son lit, le regard perdu dans l'obscurité. Que lui rappelait la première occasion où il s'était trouvé seul avec Léonore ? Cela était arrivé l'année après que le bébé était mort. Alison ou bien était à l'hôpital ou bien rôdait dans la maison comme un fantôme — et cela depuis plus de douze mois. Il avait rencontré Léonore à l'écurie la première semaine après sa nomination au poste, et elle lui avait offert de lui montrer les environs. Ils quittèrent l'allée cavalière et firent un galop dans la lande. Quand ils eurent attaché les chevaux pour prendre un moment de repos, Léonore aperçut des mûres, tout près, et se dit qu'elle allait en cueillir une corbeille pour le dîner. Et saperlipopette ! pendant qu'ils s'évertuaient autour du buisson de ronces, remplissant de baies le chapeau du commandant, c'était arrivé ! A neuf heures du matin, deux heures après qu'ils avaient fait connaissance. Même maintenant, il pouvait à peine y croire. Mais quel effet cela lui avait-il fait, sur le moment ? Ah, oui — c'est comme s'il avait été aux manœuvres, frissonnant dans la nuit froide et pluvieuse, sous une tente qui prenait l'eau. Puis, quand il s'était levé, à l'aube, la pluie avait cessé et le soleil brillait. Et de regarder les soldats faire leur café avec entrain sur des feux de camp, et de voir les étincelles monter dans l'air pur, c'était délicieux — une des sensations les plus merveilleuses qu'il eût connues !

Le commandant s'abandonna à un petit rire de contrition voluptueuse, se fourra la tête sous les draps, et bientôt se mit à ronfler.

A minuit et demi le capitaine Penderton bûchait seul dans son cabinet. Il travaillait à une monographie et avait fait peu de progrès ce soir-là. Il avait bu beaucoup de vin et de thé et avait fumé des douzaines de cigarettes. En fin de compte, il avait renoncé au travail et marchait de long en large dans la pièce, d'un pas agité. Il y a des moments où le besoin le plus pressant d'un homme est d'avoir quelqu'un à aimer, un point central où puissent se rassembler ses émotions diffuses. Il y a aussi des moments où les irritations, les déceptions, les craintes de la vie, exerçant leur poussée comme des spermatozoïdes, doivent trouver une issue dans la haine. Le pauvre capitaine n'avait personne à haïr et, depuis des mois, c'était le plus malheureux des hommes.

Léonore, ce Job femelle au grand nez, avec son Philippin répugnant — ces deux-là il les détestait. Mais il ne pouvait haïr Alison, qui ne lui en donnait pas l'occasion, c'était impossible. Au contraire, il savait — rageusement — qu'il lui devait une obligation. C'était la seule personne au monde qui eût surpris en lui un défaut lamentable, le capitaine avait la passion de voler. Il avait continuellement à lutter contre un penchant qui le poussait à dérober quelque chose chez les autres. Deux fois seulement, à vrai dire, il avait cédé à cette faiblesse. Quand il avait sept ans, il s'était épris d'une brute de camarade qui l'avait battu, et un jour il s'était emparé sur la table de toilette de sa tante d'une coupe ancienne, où elle mettait ses cheveux tombés, et en avait fait cadeau à sa flamme. Une autre fois, vingt-sept ans après, au poste, le capitaine avait de nouveau succombé.

A un dîner donné par un jeune couple, il avait

été fasciné par une certaine pièce d'argenterie au point qu'il l'avait glissée dans sa poche. C'était une délicate petite cuiller à dessert, ancienne et joliment ciselée. Le capitaine avait éprouvé à la voir un ravissement cruel (il n'y avait chez lui que de l'argenterie tout à fait commune) et il n'avait pu résister. Quand, après quelques habiles manipulations, il avait fait disparaître sa prise dans sa poche, il s'aperçut qu'Alison, qui était sa voisine de table, l'avait vu commettre le larcin. Elle le regarda bien en face, avec l'expression la plus scandalisée. Même maintenant, il ne pouvait y penser sans frissonner. Après l'avoir ainsi fixé pendant un temps horriblement long, Alison avait éclaté de rire — oui, de rire. Elle rit si fort qu'elle s'étouffa, et que quelqu'un dut lui taper sur le dos. Finalement, elle quitta la table en s'excusant. Pendant toute cette soirée de tourment, chaque fois qu'il la regardait, elle plissait les lèvres en un sourire de mépris. Depuis, elle prenait soin de le surveiller de près, quand il était invité chez elle. La cuiller était maintenant cachée dans son cabinet de débarras, soigneusement enveloppée dans un mouchoir de soie, enfermée dans l'écrin qui avait contenu ses instruments de précision.

Malgré cela, il ne pouvait haïr Alison. Et il ne pouvait pas non plus vraiment haïr sa femme. Léonore le rendait fou de rage, mais même dans ses accès de jalousie les plus violents il ne pouvait la haïr, pas plus qu'on ne hait un chat, un cheval ou un jeune tigre. Le capitaine tournait en rond dans son cabinet et, une fois, lança un coup de pied dans la porte fermée. Si Alison, finalement, se décidait à demander le divorce d'avec Morris, qu'arriverait-il ? Il ne pouvait s'arrêter à cette éventualité, tant il souffrait à la pensée de rester seul.

Il sembla au capitaine qu'il entendait un bruit et il s'arrêta soudain. La maison était silencieuse. Nous avons dit plus haut que le capitaine était lâche. Parfois, quand il était seul, il était envahi par une terreur sans raison. Et maintenant, seul, debout dans cette pièce silencieuse, il lui semblait que sa nervosité et sa détresse n'étaient pas causées par des forces situées en lui ou chez d'autres, lesquelles il pourrait dans une certaine mesure contrôler — mais dépendaient de circonstances extérieures dont il ne pouvait avoir de loin qu'un sens vague. Le capitaine jeta autour de lui un regard apeuré. Puis il baissa le tablier de sa table de travail et ouvrit la porte.

Léonore s'était endormie sur le devant de feu dans le salon. Le capitaine la regarda et rit tout bas. Elle était étendue sur le côté et il lui donna un petit coup de pied sec dans les fesses. Elle grogna quelque chose à propos d'une dinde farcie, mais ne se réveilla pas. Le capitaine se baissa, la secoua, lui parla au visage, et finalement la mit sur ses pieds. Mais, comme un enfant qu'on vient de secouer et qu'on conduit à la toilette pour la dernière précaution avant la nuit, Léonore avait le don de rester endormie, même debout. Quand le capitaine lui fit avec peine monter les escaliers elle grommelait toujours quelque chose à propos de la dinde.

« Va te faire fiche si je te déshabille ! » dit le capitaine.

Mais Léonore resta assise là où il l'avait posée sur le lit, et, après l'avoir regardée pendant quelques minutes, il se reprit à rire et lui enleva ses vêtements. Il ne lui mit pas de chemise de nuit, car les tiroirs de la commode étaient dans une telle pagaïe qu'il ne put en trouver une. D'ailleurs, Léonore avait toujours aimé dormir « à poil » comme elle disait elle-même. Quand elle fut dans le lit, le capitaine s'approcha d'une photo accrochée au mur, qui lui avait toujours semblé très drôle. C'était le portrait d'une jeune fille de dix-sept ans environ, au bas duquel était écrite la touchante inscription : « A Léonore, avec un déluge d'amour de la part de Bootsie. » Ce chef-d'œuvre ornait les murs de la chambre à coucher de Léonore depuis dix ans et avait voyagé dans la moitié du monde. Mais quand son mari la questionnait sur Bootsie, qui avait autrefois partagé sa chambre à la pension, Léonore répondait vaguement qu'elle avait entendu dire que Bootsie s'était noyée, il y avait plusieurs années. A vrai dire, quand il la pressait sur ce sujet, elle s'apercevait qu'elle ne pouvait même pas se rappeler le vrai nom de Bootsie. Et pourtant, par la force de l'habitude, il y avait dix ans que la photo pendait au mur. Le capitaine jeta de nouveau les yeux sur sa femme, maintenant profondément endormie. Elle était d'un tempérament chaud et avait repoussé la couverture au-delà de ses seins nus. Elle souriait dans son sommeil, et la pensée vint au capitaine qu'elle était maintenant en train de manger la dinde qu'elle avait préparée pour la cuisson, dans son rêve.

Le capitaine prenait du véronal, et cette habitude chez lui était si invétérée qu'un seul cachet ne lui faisait plus d'effet. Il considérait qu'avec le dur travail qu'il faisait comme instructeur à l'Ecole d'infanterie, ce serait épuisant pour lui de rester éveillé la nuit et de se lever fourbu le lendemain matin. Sans véronal, son sommeil était léger et troublé de rêves. Ce soir-là, il décida de s'administrer une triple dose ; il savait qu'ainsi il tomberait immédiatement dans un sommeil lourd qui durerait de six à sept heures. Il avala ses cachets et se coucha dans l'obscurité, pensant agréablement au repos qu'il allait prendre. Cette dose du médicament lui donnait une sensation unique et voluptueuse ; c'était comme si un grand oiseau aux ailes sombres se posait sur sa poitrine, le regardait un moment de ses yeux d'or, farouches, et doucement l'enveloppait de ses ailes couleur de nuit.

Le soldat Williams attendit sous les murs de la maison près de deux heures, que les lumières fussent éteintes. Les étoiles pâlissaient un peu et le noir de la nuit avait tourné au violet foncé. Cependant, Orion brillait toujours et la Grande Ourse donnait un éclat radieux. Le soldat fit le tour de la maison, et essaya doucement l'écran de toile métallique qui doublait la porte de derrière. Le crochet était mis à l'intérieur, comme de juste. Cependant, la porte avait un peu de jeu, et, en insérant la lame de son couteau le long du chambranle, le soldat réussit à soulever le crochet. La porte de derrière elle-même n'était pas fermée à clef.

Une fois à l'intérieur de la maison, le soldat attendit un moment. Tout était sombre et on n'entendait pas un bruit. Il regarda de ses grands yeux vagues tout autour de lui, jusqu'à ce qu'il fût habitué à l'obscurité. Le plan de la maison lui était déjà familier. Le long vestibule et l'escalier marquaient le milieu, laissant d'un côté la grande pièce du salon, au bout de laquelle était la chambre de la domestique. De l'autre côté, il y avait la salle à manger, le cabinet du capitaine et la cuisine. En haut, à droite, une grande chambre à coucher et un cabinet de débarras. A gauche, deux chambres à coucher de dimensions moyennes. Le capitaine couchait dans la grande chambre et sa femme en face, de l'autre côté du vestibule. Le soldat monta avec beaucoup de précaution l'escalier, qui était recouvert d'un tapis. Il avançait lentement, avec calme. La porte de La Dame était ouverte, et lorsqu'il y arriva le soldat n'hésita pas. Avec la souplesse silencieuse d'un chat, il entra dans la chambre.

Un clair de lune vert, laiteux, emplissait la pièce. La femme du capitaine dormait comme son mari l'avait laissée. Ses cheveux soyeux reposaient déliés sur l'oreiller et sa respiration paisible soulevait doucement sa poitrine à demi nue. Un dessus de lit de soie jaune recouvrait les couvertures et un flacon de parfum débouché emplissait l'air d'une essence capiteuse. Très lentement, le soldat s'avança sur la pointe des pieds jusqu'au lit et se pencha sur la femme du capitaine. La lune éclairait leurs visages de sa lueur pâle et il était si près qu'il sentait son souffle tiède, régulier. Dans les yeux graves du soldat, il y eut d'abord une expression de curiosité intense ; puis, comme les moments passaient, la félicité se peignit sur son visage lourd. Le jeune soldat sentit en lui une vive et étrange douceur qu'il n'avait jamais éprouvée de sa vie.

Il resta ainsi quelque temps, penché sur la femme du capitaine. Puis il appuya sa main légèrement sur le rebord de la fenêtre pour s'aider à garder l'équilibre et très lentement s'accroupit près du lit. Il se balançait sur la pointe des pieds, le dos droit, ses mains délicates et fortes appuyées sur ses genoux. Ses yeux s'arrondissaient comme des boutons d'ambre et deux mèches de cheveux tombaient embrouillées sur son front.

En de rares occasions auparavant cette expression de bonheur soudain éveillé s'était déjà marquée sur le visage du soldat Williams, mais personne au poste ne l'avait vue. Si on l'avait aperçu dans de pareils moments, on l'aurait fait passer en conseil de guerre. Pour dire vrai, dans ses grandes randonnées sur le terrain du poste, le soldat parfois n'était pas seul. Quand il obtenait une permission de l'après-midi, il emmenait dans ses courses un certain cheval de l'écurie. Il allait à cheval à environ cinq milles du poste, dans un endroit solitaire, loin de toute allée. Là, dans les bois, il y avait une clairière couverte d'une herbe couleur de bronze. Dans cette retraite, où il était sûr de n'être pas dérangé, le soldat dessellait son cheval et le laissait en liberté. Puis il se déshabillait et se couchait nu sur une large roche plate qui émergeait au milieu de la clairière. Car il y avait quelque chose dont le soldat ne pouvait se passer — le soleil. Même par les jours les plus froids, il restait étendu, immobile et nu, se laissant pénétrer par les rayons du soleil. Quelquefois, nu toujours, il se levait debout sur la roche et sautait sur le dos du cheval. C'était un canasson du régiment, auquel personne n'avait jamais pu faire prendre que deux allures — un trot lourd ou un galop de cheval à bascule. Mais, avec le soldat Williams, un merveilleux changement se produisait : le cheval prenait le petit trot ou le pas à pattes déliées, avec une élégance fière et raide. Le corps du soldat était couleur d'or pâle et il se tenait très droit. Sans ses vêtements, il était si mince qu'on pouvait voir la courbe pure de ses côtes. Tandis qu'il allait au petit trot en plein soleil, il se dessinait sur ses lèvres un sauvage sourire sensuel qui aurait surpris ses camarades de caserne. Au retour de ces sorties, il était fatigué et ne parlait à personne.

Le soldat Williams resta accroupi près du lit dans la chambre de La Dame presque jusqu'à l'aube. Il ne bougeait pas, ne faisait pas de bruit, et gardait les yeux fixés sur le corps de La Dame. Lorsque l'aurore parut, il se balança de nouveau, mit la main sur le rebord de la fenêtre et se leva doucement. Il descendit l'escalier et referma la porte de derrière. Le ciel avait déjà pris une teinte bleu pâle et Vénus s'éteignait.

3

Alison Langdon avait passé une nuit de tourment. Elle ne s'endormit que lorsque le soleil était déjà levé et que le clairon sonnait le réveil. Pendant ces longues heures, des pensées étranges l'avaient troublée. Un moment, juste à l'aube, elle avait imaginé — mais n'était-ce pas un fait ? — qu'elle avait vu quelqu'un sortir de chez les Penderton et s'en aller vers les bois. Puis, peu après qu'elle s'était endormie, un grand fracas l'avait réveillée. Elle passa en hâte son peignoir de bain, descendit au rez-de-chaussée, et trouva son mari poursuivant Anacleto autour de la table de la salle à manger, une de ses bottes à la main. Il était en chaussettes, mais, pour le reste, en uniforme complet, prêt pour l'inspection du samedi matin. Son sabre battait contre sa cuisse tandis qu'il courait. Les deux hommes s'arrêtèrent soudain lorsqu'ils la virent. Anacleto vint vite se réfugier derrière son dos.

« Il l'a fait exprès ! cria le commandant d'une voix indignée. Je suis déjà en retard. Six cents hommes m'attendent. Et regarde, jette seulement un coup d'œil, vois ce qu'il m'apporte ! »

Les bottes étaient vraiment dans un état lamentable. On aurait dit qu'on les avait frottées avec de la farine délayée dans de l'eau. Elle gronda Anacleto et se tint près de lui tandis qu'il recirait les bottes, convenablement cette fois. Il pleurait à fendre l'âme, mais elle eut la fermeté de ne pas le consoler. Quand il eut fini, Anacleto grommela à mi-voix qu'il ne resterait pas dans cette maison et s'en irait ouvrir une boutique de blanc à Québec. Elle porta les bottes reluisantes à son mari et les lui tendit sans un mot, mais avec un regard qui disait ce qu'elle pensait de lui. Puis, comme elle sentait des pincements au cœur, elle retourna se coucher avec un livre.

Anacleto lui apporta son café, puis partit en auto faire les achats de provisions pour le samedi et le dimanche. Plus tard dans la matinée, alors qu'elle avait fini son livre et regardait par la fenêtre la pelouse et les bois ragaillardis par le soleil d'automne, il entra de nouveau dans sa chambre. Il était gai et avait tout à fait oublié le vilain incident des bottes. Il fit un feu ronflant, puis, tranquillement, ouvrit le tiroir du haut de la commode, et se mit à bricoler. Il sortit un petit briquet de cristal qu'il avait fait avec un flacon à vinaigre de forme ancienne. Ce bibelot le fascinait tellement qu'Alison le lui avait donné, il y avait plusieurs années. Il le rangeait avec les affaires de sa maîtresse, afin d'avoir un prétexte pour ouvrir le tiroir quand cela lui faisait envie. Il emprunta à Alison ses lunettes pour examiner le napperon de toile fine sur le dessus de la commode. Il saisit entre le pouce et l'index quelque chose d'invisible et porta ce soupçon de saleté au panier à papier. Il se parlait à lui-même pendant tout ce temps, mais Alison ne faisait pas attention à ce marmonnage.

Qu'adviendrait-il d'Anacleto quand elle serait morte ? C'est un problème qui la tourmentait constamment. Morris, naturellement, avait promis de ne pas le laisser dans le besoin — mais que vaudrait cette promesse lorsque Morris se remarierait, ce qu'il ne manquerait pas de faire? Elle se rappelait le moment, il y avait sept ans, aux Philippines, où Anacleto était entré à son service. Quel étrange, triste, petit être c'était! Les autres boys employés à la maison le tourmentaient tant qu'il s'attachait aux pas de Madame toute la journée. Si quelqu'un le regardait seulement, il fondait en larmes et se tordait les mains. Il avait dix-sept ans, mais son visage maladif, intelligent, effrayé avait l'expression innocente d'un enfant de dix ans. Quand ils avaient été rappelés aux Etats-Unis, il avait supplié sa maîtresse de l'emmener, et elle l'avait fait. A deux, Anacleto et elle pourraient peut-être trouver le moyen de subsister — mais que ferait-il quand elle ne serait plus là ?

— Anacleto, êtes-vous heureux ? lui demanda-t-elle soudain.

Le petit Philippin n'était pas de ceux que trouble une question inattendue et intime.

— Mais, certainement, dit-il sans hésitation ; quand vous allez bien.

Le soleil et la flamme du foyer illuminaient la chambre. Alison regardait un reflet de lumière danser sur l'un des murs, écoutant à demi le bavardage harmonieux d'Anacleto. « Ce que j'éprouve une très grande difficulté à réaliser, dit-il, c'est qu'ils savent. » Il commençait souvent une discussion par une remarque vague et mystérieuse de ce genre, et elle attendait un peu pour pouvoir saisir où il voulait en venir. « Ce n'est qu'après que j'ai été longtemps à votre service, que j'en suis venu à croire que vous savez. Maintenant, je le crois de tout le monde, excepté de M. Serge Rachmaninoff. »

Elle se tourna vers lui. — Que voulez-vous dire ?

— Madame Alison, dit-il, croyez-vous vraiment que M. Serge Rachmaninoff sait qu'une chaise est une chose sur laquelle on s'assoit et qu'une pendule est une chose qui marque l'heure ? Et si j'enlevais un de mes souliers et le lui mettais sous le nez et lui demandais : « Qu'est ceci, M. Serge Rachmaninoff ? » il répondrait, comme tout le monde : « Mais, Anacleto, c'est un soulier » ? C'est ce que, moi, je trouve très difficile à réaliser.

Le récital de Rachmaninoff était le dernier concert qu'ils eussent entendu, et en conséquence, du point de vue d'Anacleto, c'était le meilleur. Elle n'aimait pas les salles de concert bondées de monde et aurait préféré dépenser son argent en disques de phonographe — mais il était bon, de temps en temps, d'échapper au traintrain du poste, et ces sorties étaient la joie d'Anacleto. Et puis, ils passaient la nuit à l'hôtel, ce qui faisait les délices du petit Philippin.

— Ne croyez-vous pas que si j'arrangeais vos oreillers, vous seriez plus à l'aise ? demanda Anacleto.

Et le dîner, le soir de ce concert ! Anacleto entra derrière elle dans la salle à manger de l'hôtel, le torse bombé sous sa veste de velours orange. Quand ce fut son tour de passer sa commande, il tint le menu haut devant son visage et ferma complètement les yeux. Au grand étonnement du nègre qui servait, il fit sa commande en français. Et bien qu'elle eût envie d'éclater de rire, elle garda son sang-froid et traduisit, le plus sérieusement qu'elle put — comme si elle eût été une duègne ou une dame de compagnie à son service. En raison de ses connaissances très limitées, le dîner qu'il commanda était un peu spécial. Il se servit du chapitre de son livre intitulé *Le Jardin Potager*, et son choix fut du chou, des haricots verts et des carottes. Aussi, lorsque de son propre chef elle ajouta une portion de poulet, Anacleto ouvrit les yeux juste le temps qu'il fallait pour lui adresser un regard rapide de profonde reconnaissance. Les garçons en veste blanche se rassemblèrent comme des mouches autour de ce phénomène, et Anacleto en éprouva un tel orgueil qu'il ne toucha pas à une miette du dîner.

— Si nous écoutions un peu de musique, dit-elle. Mettons le quatuor en *sol mineur* de Brahms.

— *Fameux,* dit Anacleto.

Il plaça le disque et s'installa pour écouter sur le tabouret près de la cheminée. Mais l'introduction — l'admirable dialogue entre le piano et les cordes — n'était pas finie, lorsqu'on frappa à la porte. Anacleto parla avec quelqu'un dans le vestibule, referma la porte et arrêta le phonographe.

— Madame Penderton, murmura-t-il, levant les sourcils.

— Je savais que je pourrais frapper à la porte d'en bas jusqu'au jour du jugement dernier sans que vous m'entendiez, avec cette musique, dit Léonore quand elle entra dans la pièce.

Elle s'assit sur le bout du lit si lourdement qu'il semblait qu'elle avait cassé un ressort. Puis, se souvenant qu'Alison n'était pas bien, Léonore essaya de prendre aussi un air dolent, pensant que c'était la chose à faire dans une chambre de malade.

— Pensez-vous que cela ira ce soir ?

— Cela ira, comment ?

— Eh, par tous les anges du Ciel, Alison ! pour mon invitation ! Je travaille comme une malheureuse depuis trois jours pour tout préparer. Je ne donne une soirée de cette importance que deux fois par an.

— Ah oui, dit Alison, cela m'était sorti de l'esprit.

— Ecoutez ! dit Léonore, et son frais visage de rose s'éclaira d'une flambée de plaisir. Je voudrais que vous voyiez ma maison en ce moment. Voici comme iront les choses. Je mets toutes les rallonges à la table de la salle à manger et chacun se débrouillera pour se servir.

J'ai deux jambons de Virginie, une grosse dinde, du poulet frit en morceaux, du porc froid en tranches, des côtes premières au gril, et toutes sortes de bonnes petites choses comme des oignons marinés, des olives et des radis. Et des petits pains chauds et des sandwiches au fromage, qu'on fera circuler. Il y aura le bol de punch dans un coin, et, pour ceux qui aiment l'alcool pur, huit litres d'eau-de-vie du Kentucky, cinq de Bourbon et cinq de Scotch, sur le buffet. Et un professionnel de la ville viendra jouer de l'accordéon...

— Ciel ! qui au monde va pouvoir avaler toutes ces victuailles et ces boissons ? demanda Alison, luttant contre une sensation de nausée.

— Mais le ban et l'arrière-ban ! s'exclama Léonore. J'ai téléphoné à tout le monde depuis la femme du Vieux Sucre jusqu'aux petits lieutenants.

« Vieux Sucre » était le sobriquet que Léonore donnait au général commandant le poste, et elle le lui appliquait à sa barbe. Avec le général, comme avec le sexe masculin dans son ensemble, elle avait une manière désinvolte et aguichante, et le général, comme la plupart des officiers du poste, lui aurait léché la main. La femme du général était grosse, lourde, ahurie, et ignorante de tout ce qui se passait.

— Une des raisons pour lesquelles je suis venue ce matin, dit Léonore, c'est pour vous demander si Anacleto ne pourrait pas venir servir le punch.

— Il le fera volontiers, se hâta de répondre Alison.

Anacleto, qui se tenait dans l'embrasure de la porte, n'avait pas l'air très content. Il lança un regard de reproche à Alison et descendit s'occuper du déjeuner.

— Les deux frères de Suzie sont venus aider à la cuisine, et, ma parole, c'est incroyable ce qu'ils peuvent dévorer. Je n'ai jamais rien vu de pareil. Nous...

— A propos, dit Alison, Suzie est-elle mariée?

— Non, grâce au Ciel! Elle ne veut rien avoir

à faire avec les hommes. Elle s'est laissé prendre quand elle avait quatorze ans et ne l'a pas oublié. Pourquoi me demandez-vous cela ?

— C'est une supposition que je faisais, parce que je suis presque sûre d'avoir vu un homme entrer chez vous par la porte de derrière, tard dans la nuit, et en ressortir à l'aube.

— Vous l'avez rêvé », dit Léonore d'un ton apaisant. Elle considérait Alison comme dérangée du cerveau et ne donnait aucun crédit même aux plus simples remarques qu'elle faisait.

— C'est possible !

Léonore trouvait le temps long et aurait voulu être chez elle. Cependant, elle pensait qu'une visite de bon voisinage devait durer au moins une heure, et elle restait par devoir. Son idée, lorsqu'elle ne s'emballait pas pour des questions de nourriture ou de sport, était que la conversation dans une chambre de malade doit porter sur les maladies des autres. Comme tous les gens peu intelligents, elle avait une prédilection pour l'horrible, qu'elle pouvait introduire ou écarter à volonté. Son répertoire de drames était limité, dans l'ensemble, à des accidents de sport.

— Vous ai-je raconté l'histoire de cette petite fille de treize ans qui est venue avec nous à la chasse au renard, chargée d'un groupe de chiens, et s'est cassé le cou ?

— Oui, dit Alison, d'un ton où perçait l'exaspération. Vous m'avez décrit tous les terribles détails cinq fois.

— Cela vous énerve ?

— Oui, beaucoup.

« Humm... », dit Léonore. Elle n'était nullement troublée de cette rebuffade. Avec calme, elle alluma une cigarette. « Qu'on n'aille pas dire que c'est là la vraie manière de chasser le renard. Je sais ce qu'il en est. J'ai chassé d'après les deux méthodes. Ecoutez, Alison ! » Elle se tortillait la bouche et parlait lentement, didac tiquement, comme lorsqu'on s'adresse à un enfant. « Vous savez comment on chasse l'opossum ? »

Alison fit un bref signe de tête et défripa le dessus de lit. — On le force à grimper à un arbre.

— A pied, dit Léonore. C'est aussi la meilleure manière de chasser le renard. Mon oncle a une hutte de chasse dans la montagne et mes frères et moi allions lui rendre visite. Nous partions à six avec nos chiens par une soirée froide, après le coucher du soleil. Un jeune domestique nègre nous suivait, portant sur son dos un récipient plein de sirop de maïs sucré au miel. Parfois nous traquions le renard toute la nuit dans la montagne. Mort de ma vie, je ne peux pas vous dire comme c'était. Quoi qu'il en soit... » Elle revivait tout cela, mais elle ne trouvait pas les mots pour s'exprimer.

« On buvait un dernier coup à six heures, et on se mettait à déjeuner. Ah ! ma parole, tout le monde disait que cet oncle, dont je vous parle, était étrange, mais pour sûr qu'il avait une bonne table. Après la chasse, on se mettait à dévorer de la laitance de poisson, du jambon grillé, du poulet frit, des biscuits larges comme la main... »

Quand Léonore fut enfin partie, Alison ne savait si elle devait rire ou pleurer ; elle se laissa aller alternativement au rire et aux larmes, avec une certaine agitation. Anacleto revint et fit disparaître avec soin le creux profond au bout du lit, à l'endroit où Léonore s'était assise.

— Je vais demander le divorce, Anacleto, dit-elle soudain, lorsqu'elle se fut arrêtée de rire. Je vais le dire à Morris ce soir.

L'expression d'Anacleto ne laissa pas voir si c'était pour lui une surprise ou non. Il resta silencieux un moment, puis demanda : « Où irons-nous, après, madame Alison ? »

Les plans qu'elle avait faits pendant les nuits d'insomnie traversèrent son esprit en long panorama : enseigner le latin dans une ville universitaire, pêcher la crevette, faire faire à Anacleto des journées au-dehors tandis qu'elle prendrait des travaux de couture... Mais elle dit seulement : — Je n'ai pas encore décidé.

— Je me demande, dit Anacleto d'un ton méditatif, ce que feront les Penderton, dans la circonstance.

— Inutile de vous creuser la tête pour cela, parce que ce n'est pas notre affaire.

Le petit visage d'Anacleto était sombre et soucieux. Il restait là, les mains sur le bois du lit. Elle sentait qu'il avait encore une question à poser ; elle le regardait et attendait. Finalement, il demanda, radieux d'espoir : « Pensez-vous que nous pourrions vivre dans un hôtel ? »

Dans l'après-midi, le capitaine Penderton alla à l'écurie pour faire sa promenade à cheval habituelle. Le soldat Williams était de service, bien qu'il dût être remplacé à quatre heures. Quand le capitaine parla, il ne regarda pas le jeune soldat ; sa voix était aiguë et arrogante.

— Sellez le cheval de madame Penderton, *Oiseau-de-Feu*.

Le soldat Williams resta immobile, regardant fixement le visage blanc et contracté de l'officier. — Vous dites, mon capitaine ?

— *Oiseau-de-Feu,* répéta le capitaine. Le cheval de madame Penderton.

C'était un ordre inaccoutumé. Le capitaine Penderton n'avait monté *Oiseau-de-Feu* que trois fois, et, en chacune de ces occasions, sa femme l'avait accompagné. Le capitaine n'avait pas de cheval à lui : il prenait une des montures du régiment. Tandis qu'il attendait dans la cour, le capitaine faisait claquer nerveusement le bout de ses gants, qu'il serrait dans sa main. Quand le soldat lui amena *Oiseau-de-Feu,* il ne fut pas satisfait ; la selle était la selle anglaise, plate, de madame Penderton, à laquelle le capitaine préférait la selle d'ordonnance. Pendant que le changement se faisait, le capitaine regarda dans les yeux ronds, violets du cheval, et y vit l'image mouillée de son propre visage effrayé. Le soldat Williams tint la bride tandis qu'il montait. Le capitaine s'assit raide, les mâchoires serrées, les genoux collés désespérément à la selle. Le soldat restait impassible, la main à la bride.

Au bout d'un moment, le capitaine dit :

— Eh bien, vous voyez que je suis en selle. Lâchez la bride !

Le soldat Williams recula de quelques pas. Le capitaine tint les rênes tendues et serra les cuisses. Rien ne se produisit. Le cheval ne plongea pas, ne tira pas sur le mors comme il faisait chaque matin avec madame Penderton, mais attendit tranquillement le signal du départ. Quand le capitaine se rendit compte de cela, il éprouva soudain une joie méchante. « Ah, se dit-il ; elle l'a dompté, comme je l'espérais bien. » Le capitaine appliqua les talons aux flancs de la bête et lui donna un petit coup de sa cravache courte, nattée. Ils partirent sur l'allée cavalière, au galop.

C'était un après-midi ensoleillé. L'air était revigorant, plein de l'odeur âcre et douce des pins et des feuilles tombées. Pas un nuage dans le vaste ciel bleu. Le cheval, qui n'était pas sorti de la journée, semblait se laisser emporter par le plaisir de galoper librement. *Oiseau-de-Feu,* comme beaucoup de chevaux, avait tendance à prendre le mors aux dents si on lui lâchait les rênes au départ. Le capitaine le savait ; aussi prit-il une décision étrange. Ils avaient couvert au galop environ trois quarts de mille, lorsque soudain, sans avertissement, le capitaine donna un coup de rênes sec et dur, et arrêta le cheval court. Le choc fut si violent qu'*Oiseau-de-Feu* perdit l'équilibre, piéta gauchement de côté et rua. Puis, il resta immobile, surpris mais docile. Le capitaine fut extrêmement satisfait.

Cette manœuvre fut répétée deux fois. Le capitaine laissait libre la tête d'*Oiseau-de-Feu* juste assez de temps pour lui donner la joie d'aller à sa guise, puis l'arrêtait brutalement. Ce genre de conduite n'était pas nouveau pour le capitaine. Mainte fois dans sa vie, il s'était infligé à lui-même des pénitences étranges et secrètes, qu'il aurait été bien embarrassé d'expliquer aux autres.

La troisième fois, le cheval s'arrêta comme auparavant, mais quelque chose se produisit qui troubla le capitaine au point que toute sa satisfaction disparut instantanément. Tandis qu'ils étaient immobiles, seuls sur le chemin, le cheval tourna la tête lentement et regarda le capitaine en face. Puis il baissa la tête jusqu'au sol, les oreilles rabattues en arrière.

Le capitaine sentit qu'il allait être jeté à terre, tué peut-être. Il avait toujours eu peur des chevaux : il allait à cheval parce que cela se faisait, et parce que c'était une de ses manières de se tourmenter lui-même. Il avait fait changer la selle confortable de sa femme pour la selle d'ordonnance, parce que le pommeau élevé lui donnait quelque chose à saisir en cas de besoin. A ce moment, il resta raide, essayant de se tenir à la selle et de tenir les rênes en même temps. Puis, si grande fut son appréhension, qu'il cessa tout effort de rétablissement, dégagea ses pieds des étriers, leva les mains à son visage, et regarda autour de lui l'endroit où il allait tomber. Cette faiblesse, cependant, ne dura que quelques instants. Quand le capitaine se rendit compte qu'après tout il n'allait pas être jeté par terre, il éprouva un grand sentiment de triomphe. Ils repartirent au galop.

Le chemin allait en montant bordé de bois des deux côtés. Maintenant ils approchaient du tertre d'où on découvrait le terrain sur plusieurs milles. Dans le lointain, la forêt de pins, d'un vert foncé, faisait une ligne sombre sur le ciel clair d'automne. Frappé par la beauté de la vue, le capitaine pensa à s'arrêter un moment et tira sur les rênes. Mais à ce moment survint un incident imprévu, qui aurait pu coûter la vie au capitaine. Jusqu'à la crête, le pas du cheval avait été régulier. Mais à cet endroit, sans avertissement et avec une vitesse vertigineuse, le cheval tourna à gauche et prit le grand galop pour dévaler la pente.

Le capitaine fut si secoué qu'il perdit son assiette. Il fut précipité en avant sur le cou du cheval et ses pieds perdirent les étriers. Cependant il réussit à s'agripper. Serrant d'une main la crinière et de l'autre tenant les rênes tant bien que mal, il put se remettre en selle. Mais c'est tout ce qu'il put faire. Ils filaient à une allure si étourdissante que la tête lui tournait quand il ouvrait les yeux. Il ne put pas se mettre assez d'aplomb pour contrôler les rênes. Eût-il pu le faire, que ce n'aurait été d'aucune utilité ; il se rendit compte, en un éclair de lucidité, qu'il n'était pas en son pouvoir d'arrêter le cheval. Tous les muscles, tous les nerfs de son corps se tendaient vers un seul dessein — se maintenir. Avec la vitesse du célèbre cheval de course qui avait été le père d'*Oiseau-de-Feu,* ils dévoraient l'espace libre, gazonné, qui séparait le tertre des bois. L'herbe avait des reflets rouge et bronze sous les rayons du soleil. Soudain le capitaine sentit une demi-obscurité verte tomber sur eux et il comprit qu'ils étaient entrés dans la forêt par quelque allée étroite. Même après avoir dépassé l'espace libre, le cheval sembla à peine ralentir sa course. Le capitaine, frappé de stupeur, se tenait à demi accroupi. Une longue épine lui fit à la joue gauche une profonde blessure. Il ne ressentit aucune douleur, mais il vit nettement le sang chaud, écarlate, qui lui coulait sur le bras. Il s'aplatit de telle façon que le côté droit de son visage frottait contre le poil court et raide du cou d'*Oiseau-de-Feu*. S'accrochant désespérément à la crinière, aux rênes et au pommeau de la selle, il n'osait lever la tête de crainte de se faire assommer par une branche.

Trois mots retentissaient dans la tête du capitaine. Il les formait de ses lèvres tremblantes, sans les énoncer, n'ayant pas de souffle de reste même pour un murmure : « Je suis perdu. »

Et ayant renoncé à la vie, le capitaine soudain commença à vivre. Une grande joie sauvage monta en lui. Cette émotion, qui se produisit d'une façon aussi inattendue que le plongeon du cheval quand il s'était lancé dans sa course folle, était d'une nature que le capitaine n'avait jamais connue. Ses yeux étaient fixes, à demi ouverts, comme dans le délire, mais ils se mettaient à voir comme ils n'avaient jamais vu. Le monde était un kaléidoscope, et chacune des nombreuses visions qui tourbillonnaient devant lui s'imprimait dans sa conscience avec une netteté brûlante. Sur le sol à demi recouvert par les feuilles, il y avait une petite fleur, d'une blancheur éblouissante, d'une forme délicate. Une pomme de pin rugueuse, le vol d'un oiseau dans le ciel bleu, purifié par la brise, un rayon de soleil coupant d'un dard de feu la demi-obscurité verte — tout cela, le capitaine le voyait comme pour la première fois de sa vie. Il était conscient de la pureté de l'air vif et il sentait la merveille de son propre corps tendu, le miracle du sang, des muscles, des nerfs et des os. Il n'éprouvait plus aucune terreur ; il s'était élevé à ce rare niveau de conscience où les mystiques sentent que la terre est eux et qu'ils sont la terre. Accroché au cheval emballé à la manière d'un crabe, il y avait un rictus de félicité sur sa bouche sanguinolente.

Combien dura cette folle chevauchée, le capitaine ne le sut jamais. Vers la fin, il vit qu'ils étaient sortis des bois et galopaient dans une grande plaine. Il lui sembla que, du coin de l'œil, il voyait un homme étendu sur une roche au soleil et un cheval qui paissait. Cela ne le surprit pas et fut oublié aussitôt. La seule chose qui retint l'attention du capitaine, c'est que, lorsqu'ils rentrèrent dans la forêt, le cheval donnait des signes de fatigue. En un tourment de terreur, le capitaine pensait : « Quand cela finira, mon compte sera bon. »

Le cheval ralentit, prit un trot peinard, et enfin s'arrêta. Le capitaine se souleva de la selle et regarda autour de lui. Un coup de rênes sur les naseaux du cheval ne fit avancer la bête que de quelques pas. Elle s'arc-bouta sur ses jambes et refusa de marcher. Le capitaine mit pied à terre, tout tremblant. Lentement et méthodiquement, il attacha le cheval à un arbre. Puis il cassa une longue badine, et de toute la force qui lui restait se mit à frapper le cheval sauvagement. Soufflant à grand bruit, le pelage luisant et marbré de sueur, le cheval se mit d'abord à faire de grands écarts autour de l'arbre. Le capitaine continua à le frapper. Le cheval alors demeura immobile et poussa un profond soupir. Une flaque de sueur imbibait le lit d'aiguilles de pins sous lui et sa tête pendait. Le capitaine jeta la badine dans un fourré. Il était tout souillé de sang, et une éruption causée par la friction contre le poil hérissé du cheval était sortie sur son visage et son cou. Sa colère n'était pas apaisée et c'est à peine s'il pouvait se tenir debout, d'épuisement. Il s'affaissa et resta affalé à plat ventre, la tête dans les mains. On aurait dit qu'on avait jeté là dans la forêt une poupée brisée. Il sanglotait.

Pour un moment, le capitaine perdit conscience. Puis, quand il revint à lui, il eut une vision du passé. Il vit les années écoulées surgir à ses yeux comme une image tremblante au fond d'un puits. Il se rappela le temps où il était petit garçon. Il avait été élevé par deux tantes non mariées. Ses tantes n'étaient pas désagréables, à condition d'avoir de la compagnie. Elles riaient beaucoup, arrangeaient des tas de pique-niques, d'excursions compliquées et de dîners du dimanche auxquels elles invitaient d'autres vieilles filles. Néanmoins, elles se servaient du petit garçon comme d'une sorte de point d'appui pour soulever le poids de leurs propres ennuis. Le capitaine n'avait jamais connu de véritable affection. Ses tantes l'inondaient d'effusions sentimentales, et ne sachant mieux faire, il les payait de retour dans la même fausse monnaie. De plus, le capitaine était du Sud, et ses tantes ne le lui laissaient jamais oublier. Du côté de sa mère, il descendait des huguenots qui avaient quitté la France au XVIIe siècle, avaient vécu à Haïti jusqu'à la grande rébellion, puis étaient devenus planteurs en Géorgie avant la guerre de Sécession. Derrière lui, il y avait une histoire de splendeur barbare, de pauvreté après la ruine, et de morgue héréditaire. Mais la génération à laquelle il appartenait n'était pas arrivée à grand-chose : le seul cousin du capitaine était policeman à Nashville. Grand snob, sans véritable dignité, le capitaine attachait une importance exagérée au passé à jamais perdu.

Le capitaine se mit à taper du bout de ses pieds dans la litière d'aiguilles de pins et à pousser des gémissements entrecoupés de sanglots, dont l'écho résonnait dans les bois. Puis tout à coup, il se calma et demeura immobile. Un sentiment étrange, qui le hantait depuis un long moment, prit corps tout à coup. Il était sûr qu'il y avait quelqu'un près de lui. Il se retourna laborieusement sur le dos.

Tout d'abord le capitaine ne voulut pas croire ce qu'il voyait. A deux mètres de lui, appuyé contre un chêne, le jeune soldat que le capitaine détestait le regardait. Il était complètement nu. Son corps svelte luisait au soleil du soir. Il fixait le capitaine d'un regard vague, impersonnel, comme s'il regardait un insecte d'une espèce nouvelle pour lui. Le capitaine était trop paralysé par la surprise pour bouger. Il essaya de parler, mais sa gorge n'émit qu'une sorte de râle. Tandis qu'il regardait le soldat, celui-ci tourna les yeux vers le cheval. *Oiseau-de-Feu* était toujours couvert de sueur et sa croupe était marquée de sillons sinistres. En un après-midi, le pur sang s'était transformé en une pauvre bête de labour.

Le capitaine était étendu entre le soldat et le cheval. L'homme nu ne prit pas la peine de faire le tour du corps prostré. Il enjamba lestement l'officier. Le capitaine vit tout près de ses yeux, un moment, la plante du pied du jeune soldat : elle était mince et bien faite, avec un haut cou-de-pied marqué de veines bleues. Le soldat détacha le cheval et lui passa la main sur le museau, d'un geste caressant. Puis, sans même jeter un coup d'œil au capitaine, il emmena le cheval dans la partie épaisse du bois.

Tout cela se fit si rapidement que le capitaine n'eut pas le temps de se mettre sur son séant ni de prononcer une parole. Tout d'abord, le seul sentiment qu'il éprouva fut l'étonnement. Il revoyait les lignes pures du corps du jeune homme. Il émit quelques sons inarticulés, qui ne reçurent aucune réponse. Il sentit la rage lui monter à la gorge. Il éprouva pour le soldat une haine aussi formidable que la joie qui l'avait rempli naguère pendant la course échevelée sur le dos d'*Oiseau-de-Feu*. Toutes les humiliations, les envies et les craintes de sa vie s'incorporèrent dans cette grande colère. Le capitaine se leva en titubant et partit tête baissée dans le bois qu'envahissait le soir.

Il ne savait pas où il était, ni à quelle distance il se trouvait du poste. Son esprit était assailli de pensées méchantes, concentrées sur le projet de faire souffrir le soldat. Dans son cœur, le capitaine savait que cette haine, passionnée comme l'amour, ne le quitterait plus de tout le reste de sa vie.

Après avoir marché longtemps, alors qu'il était presque nuit, il tomba sur un chemin où il se reconnut.

Léonore avait fait les invitations à sa soirée pour sept heures, et une demi-heure après les deux pièces de devant étaient pleines de monde. L'hôtesse, majestueuse dans une robe de velours crème, reçut les invités seule. En réponse aux questions sur l'absence de son mari, elle dit qu'elle ne savait pas où diable il avait pu aller — qu'il s'était probablement sauvé de la maison. Tout le monde rit et répéta cette boutade. — On se représentait le capitaine marchant le dos courbé avec un bâton sur son épaule et ses cahiers de notes enveloppés dans un grand mouchoir rouge... Peut-être était-il parti en auto à la ville, après sa promenade à cheval et avait-il eu un accident de voiture.

La longue table de la salle à manger était plus qu'abondamment fournie. Il flottait dans l'air une odeur si épaisse de jambon, de côtes premières et de whisky qu'il semblait qu'on aurait pu la consommer à la cuiller. Du salon venait le son de l'accordéon, agrémenté de temps en temps par quelques mesures de chant. Le buffet était l'endroit le plus gai. Anacleto, avec une gravité de circonstance, servait des demi-tasses de punch et ne se pressait pas. Dès qu'il eut aperçu le lieutenant Weincheck, debout tout seul près de la porte d'entrée, il s'affaira pendant un quart d'heure à pêcher toutes les cerises et tous les morceaux d'ananas, et fit attendre une douzaine d'officiers pour présenter cette tasse de choix au vieux lieutenant. Il y avait tant de conversations à bâtons rompus qu'on ne pouvait suivre aucune pensée. On parlait des nouveaux crédits attribués à l'armée par le gouvernement et on bavardait au sujet d'un suicide récent. Serpentant sous le brouhaha, et avec des regards prudents pour s'assurer où se trouvait le commandant Langdon, une plaisanterie se propageait parmi la compagnie — à savoir que le petit Philippin précautionneusement parfumait l'échantillon du pipi d'Alison Langdon qu'il devait porter à l'hôpital pour le faire analyser. L'encombrement provoquait des désastres. Déjà un morceau de tarte était tombé d'une assiette, et, sans qu'on s'en aperçût, des pieds en avaient répandu les traces jusque dans l'escalier.

Léonore était pleine d'entrain. Elle avait un mot aimable pour chacun, et elle caressait le colonel, un de ses favoris, sur le sommet de son crâne chauve. Un moment, elle quitta le vestibule pour porter elle-même un rafraîchissement au jeune musicien venu de la ville pour jouer de l'accordéon. « Ciel ! il en a du talent ! dit-elle. Il peut jouer n'importe quel air que vous lui chantonnez : *Oh, les jolies ailes rouges*. Tout ce que vous voulez.

— Merveilleux », acquiesça le commandant Langdon, et il parcourut du regard le groupe formé autour du musicien. « Vous savez, ma femme en tient pour ces vieilles barbes de classiques, Bach et toute la bande. Pour moi, c'est comme si on me faisait avaler une poignée d'asticots. Parlez-moi de la valse de la *Veuve*

Joyeuse; ça c'est ce que j'aime. Ça c'est de la musique !

Cette valse fluide, en même temps que l'arrivée du général, apaisa le tumulte des voix. Léonore prenait tant de plaisir à sa soirée que ce n'est qu'après huit heures qu'elle commença à s'inquiéter au sujet de son mari. Déjà la plupart des invités s'étonnaient de l'absence prolongée du maître de la maison. On en arrivait à penser qu'il lui était vraiment arrivé un accident, ou bien qu'un scandale inattendu allait se révéler. En conséquence, même les invités arrivés de bonne heure inclinaient à rester plus longtemps qu'on ne le fait pour une réception debout ; la maison était si bondée qu'il fallait un sens aigu de la stratégie pour passer d'une pièce à une autre.

Cependant le capitaine Penderton attendait au commencement de l'allée cavalière près de l'écurie, avec le sergent de service muni d'une lanterne. Il avait atteint le poste assez longtemps après la tombée de la nuit et avait donné comme raison de son aventure que le cheval l'avait désarçonné et s'était sauvé. Ils espéraient qu'*Oiseau-de-Feu* allait, de lui-même, revenir à l'écurie. Le capitaine avait baigné d'eau fraîche son visage balafré et couvert de plaques rouges, puis s'était rendu à l'hôpital où on lui avait fait trois points de suture à la joue. Il attendait, parce qu'il n'osait pas se présenter devant Léonore avant que le cheval n'eût réintégré sa stalle — et aussi parce qu'il voulait revoir l'homme qu'il haïssait. La nuit était claire, il ne faisait pas froid, et la lune était au troisième quartier.

A neuf heures, ils entendirent dans le lointain un bruit de sabots de chevaux, qui se rapprochait lentement. Bientôt ils aperçurent, estompées par l'obscurité, les silhouettes lasses du soldat Williams et des deux chevaux. Le soldat les conduisait par la bride. Il arriva en clignotant à la lumière de la lanterne. Il regarda le capitaine d'un long regard fixe, si étrange que le sergent en reçut un choc. Ne sachant comment interpréter la situation, il laissa le capitaine la régler comme il l'entendait. Le capitaine ne dit rien, mais ses paupières tremblaient et sa bouche était contractée.

Le capitaine suivit le soldat Williams à l'écurie. Le jeune soldat apporta aux chevaux leur picotin et se mit à les brosser. Il travaillait en silence. Le capitaine, appuyé à un des poteaux de la stalle, l'observait. Il suivait les mouvements des mains fines et agiles, et arrêtait ses regards à la courbe harmonieuse du cou du soldat. Le capitaine se sentait envahi par une impression qui à la fois le fascinait et lui inspirait du dégoût — c'est comme si le jeune soldat et lui s'étaient engagés, nus, dans une lutte, où, corps contre corps, chacun cherchait à tuer l'adversaire. Les reins du capitaine, meurtris par sa chute de cheval, étaient si faibles qu'il pouvait à peine se tenir debout. Ses yeux, sous les paupières tremblotantes, luisaient comme des flammes bleues. Le soldat finit tranquillement son travail et quitta l'écurie. Le capitaine le suivit, jusqu'à ce que, franchissant la porte, il disparût dans la nuit. Ils n'avaient pas échangé une parole.

C'est seulement quand il monta dans son auto que le capitaine se souvint de la soirée qui devait avoir lieu chez lui.

Anacleto rentra tard. Il arriva à la chambre d'Alison recru et verdâtre, car la foule le fatiguait. « Ah, dit-il philosophiquement, le monde est peuplé de trop de gens. »

Alison vit, cependant, à un petit coup d'œil entendu, qu'il lui adressa, qu'il s'était passé quelque chose. Il entra dans la salle de bains et retroussa les manches de sa chemise de toile jaune pour se laver les mains.

— Le lieutenant Weincheck est-il venu vous voir ?

— Oui ; il est resté un bon moment.

Le lieutenant avait paru un peu déprimé. Elle l'envoya au rez-de-chaussée chercher une bouteille de xérès. Après qu'ils en eurent pris un verre, il s'assit près du lit, un damier sur les genoux et ils firent une partie de banque russe. Elle s'aperçut trop tard qu'elle avait eu tort de proposer ce jeu, car le lieutenant pouvait à peine distinguer les cartes et cherchait à dissimuler son malaise.

— Il vient d'apprendre que la commission de réforme l'a vidé, dit-elle. Il va recevoir l'avis de sa mise à la retraite incessamment.

— Tsh ! Triste ! Puis Anacleto ajouta : Moi, si j'étais à sa place, je serais enchanté.

Le docteur, venu dans l'après-midi, avait prescrit une nouvelle médecine. Dans le miroir de la salle de bains, elle vit Anacleto examiner la bouteille avec soin, puis en goûter le contenu avant de lui mesurer la dose. A en juger d'après son visage, il n'en aima pas beaucoup la saveur. Mais il rentra tout épanoui dans la pièce.

— Vous n'avez jamais été à pareille soirée, dit-il. Quelle constellation !

— Consternation ! Anacleto.

— Désastre, en tout cas. Le capitaine Penderton est rentré deux heures en retard. Quand il est arrivé, on aurait dit qu'il avait été à demi dévoré par un lion. Son cheval l'avait jeté dans un fourré de ronces et s'était sauvé. On n'a jamais vu pareille figure.

— Rien de cassé ?

— Il m'a semblé qu'il avait dû se casser les reins, dit Anacleto avec quelque satisfaction. Mais il faisait bonne contenance. Il est monté au premier, a passé son habit et a fait comme si de rien n'était. Maintenant tout le monde est parti, excepté le commandant et le colonel aux cheveux roux dont la femme a l'air gratin.

« Anacleto », fit-elle d'un ton de reproche. Anacleto s'était servi plusieurs fois du terme « gratin » avant qu'elle en eût saisi le sens. Elle s'était creusé la tête et avait fini par découvrir qu'il voulait dire « catin ».

Anacleto haussa les épaules ; puis, se tournant soudain vers elle, le visage tout rouge :

— J'ai horreur des gens ! s'écria-t-il avec véhémence. A la soirée, je les ai entendus faire circuler une plaisanterie sans remarquer que j'étais à portée de voix. C'était vulgaire, insultant, et faux.

— Que voulez-vous dire ?

— Je ne veux pas vous la répéter.

— Eh bien, oubliez-la. Allez vous coucher et dormez bien.

Alison restait troublée de l'explosion d'Anacleto. Il lui semblait, à elle aussi, qu'elle avait les gens en horreur. Tous ceux avec qui elle se trouvait depuis cinq ans ne lui avaient donné que déceptions — excepté Weincheck et, naturellement, Anacleto et sa petite Catherine. Morris Langton, avec sa manière toute ronde, était stupide et sans cœur, autant qu'homme peut l'être. Weldon Penderton, le voleur, était au fond un vilain monsieur. Quelle bande ! Elle se détestait elle-même. Pourquoi Anacleto et elle étaient-ils encore dans cette maison ? S'il lui restait un lambeau d'orgueil, pourquoi différait-elle ainsi ?

Elle se tourna du côté de la fenêtre et regarda

la nuit. Le vent s'était levé. En bas, un volet décroché frappait contre le mur de la maison. Elle éteignit la lumière, afin de pouvoir voir au-dehors. Orion brillait d'une merveilleuse clarté. Dans la forêt, le faîte des arbres ondulait sous le vent comme des vagues sombres. C'est alors qu'elle regarda du côté de la maison des Penderton et vit de nouveau un homme debout, immobile, à l'orée du bois. L'homme lui-même était caché par les arbres, mais son ombre se dessinait nettement sur l'herbe de la pelouse. Elle ne pouvait distinguer ses traits, mais elle était sûre qu'un homme était là, aux aguets. Elle l'observa pendant dix, vingt, trente minutes. Il ne bougeait pas. Cela lui semblait si fantastique qu'elle se demanda si elle ne perdait pas l'esprit. Elle ferma les yeux et se mit à compter par sept, jusqu'à deux cent quatre-vingts. Quand elle regarda de nouveau dans la direction du bois, l'ombre avait disparu.

Son mari frappa à sa porte. Ne recevant pas de réponse, il tourna le bouton doucement et jeta un coup d'œil à l'intérieur de la pièce.

— Chérie, dors-tu ? demanda-t-il d'une voix assez forte pour éveiller qui que ce soit.

— Oui, répondit-elle maussadement. Je dors comme une souche.

Le commandant, intrigué, ne savait s'il devait refermer la porte ou entrer. Tandis qu'il traversait la pièce, elle se rendit compte qu'il avait fait de fréquentes visites au buffet de Léonore.

— Demain, j'aurai quelque chose à te dire, fit-elle. Tu dois avoir une idée de ce que c'est. Donc, prépare-toi.

— Je n'en ai aucune idée, dit le commandant abasourdi. Ai-je commis quelque impair ? Il réfléchit un long moment. Si c'est de l'argent pour quelque chose de spécial, je n'en ai pas, Alison. J'ai perdu un pari au jeu de football et je viens de payer pour l'entretien du cheval... La porte se referma sans bruit.

Il était passé minuit et elle se retrouvait seule. Ces heures de minuit à l'aube étaient toujours les plus terribles. Si elle disait à Morris qu'elle n'avait pas fermé l'œil, lui, naturellement, ne la croyait pas. Il ne voulait pas croire qu'elle était malade. Quatre ans auparavant, lorsqu'elle avait perdu la santé, il s'était alarmé de son état. Mais quand il vit les calamités succéder aux calamités — érésipèle, néphrite, et maintenant la maladie de cœur — il s'exaspéra et, finalement, ne voulut plus croire à rien. Il considérait tout cela comme des imaginations de femme hypocondriaque, dont elle se servait pour éluder ses devoirs — c'est-à-dire les exercices sportifs et les invitations qu'il considérait comme indispensables. Aussi bien, il est sage de donner aux hôtesses tenaces une seule excuse ferme; car, si on avance différentes raisons pour refuser, si légitimes qu'elles soient, les hôtesses ne vous croient pas... Elle entendait son mari marcher de long en large dans sa chambre, de l'autre côté du couloir, et se tenir à lui-même une longue conversation didactique. Elle se redonna la lumière et se mit à lire.

A deux heures du matin, elle se prit à penser

tout à coup qu'elle allait mourir cette nuit-là. Elle était assise, soutenue par des oreillers, le visage tiré et fané, quoiqu'elle fût jeune encore, jetant des regards agités d'un coin de la chambre à l'autre. Elle avait un curieux geste de tête, qui consistait à lever le menton et à le tourner de côté en tendant le cou, comme si quelque chose l'étouffait. La chambre silencieuse lui semblait pleine de sons discordants. Il y avait un filet d'eau qui tombait dans la cuvette du lavabo. La pendule sur la cheminée — vieille pendule à balancier avec des cygnes blancs et dorés peints sur le globe — battait les secondes d'un son rouillé. Mais le troisième bruit, le plus fort de tous et qui l'ennuyait beaucoup, était le battement de son cœur. Il y avait en elle un grand tumulte. Son cœur s'emballait : il battait rapide, comme les pas de quelqu'un qui court, bondissait, puis donnait un coup sourd, avec une violence qui la faisait trembler toute. D'un mouvement lent et mesuré, elle ouvrit le tiroir de la table de nuit pour y prendre son tricot. « Il faut que je pense à quelque chose d'agréable », se dit-elle raisonnablement.

Elle évoqua le temps le plus heureux de sa vie, alors qu'à vingt ans elle avait essayé pendant neuf mois de faire entrer un peu de Cicéron et de Virgile dans la tête de jeunes écolières. Quand vinrent les vacances, elle se trouva à New York avec deux cents dollars dans son portefeuille. Elle monta dans un car, qui partait dans la direction du nord, sans savoir où elle allait. Et, quelque part dans le Vermont, elle arriva dans un village qui lui plaisait, descendit, et, dans l'espace de deux jours, trouva et loua une petite maison dans les bois. Elle avait emmené avec elle son chat, Petronius, et, avant la fin de l'été, avait dû mettre son nom au féminin, parce qu'il lui avait soudain donné une famille de petits. Plusieurs chiens égarés prirent goût à sa demeure, et, une fois par semaine, elle allait au village acheter des provisions pour les chats, les chiens et elle-même. Matin et soir, chaque jour de cet heureux été, elle se préparait les mets qu'elle préférait arrosés de thé. Dans l'après-midi, elle cassait du bois, et, le soir, elle s'asseyait dans la cuisine, les pieds contre le poêle, et lisait tout haut ou chantait à pleine gorge.

De ses lèvres pâles et gercées, Alison formait des mots muets, et elle concentrait ses regards fixés sur le bout de son lit. Tout à coup, elle laissa tomber son tricot et sa respiration s'arrêta. Son cœur venait de cesser de battre. La chambre était silencieuse comme un sépulcre, et elle attendait, la bouche ouverte, la tête tordue de côté sur l'oreiller. Elle était terrifiée ; mais, quand elle essaya d'appeler, aucun son ne sortit de sa bouche.

Il y eut un léger coup frappé à la porte, mais elle ne l'entendit pas. Il y avait un moment qu'Anacleto était dans la chambre et lui tenait la main, lorsqu'elle s'aperçut de sa présence. Après ce long et terrible silence — qui avait sûrement duré plus d'une minute, son cœur battait de nouveau ; le devant plissé de sa chemise de nuit, de nouveau, se levait et s'abaissait sur sa poitrine.

« Un mauvais moment ? » demanda Anacleto d'un ton dégagé. Mais son visage, tandis qu'il la regardait, portait le même rictus de douleur que celui de sa maîtresse — la lèvre supérieure tendue, laissant voir les dents.

— J'ai eu peur, dit-elle. Que s'est-il passé ?

— Il ne s'est rien passé. Ne prenez pas cet air sens dessus dessous. » Il tira son mouchoir de la poche de sa blouse et le trempa dans l'eau pour lui baigner le front. « Je vais descendre chercher mes affaires et venir près de vous jusqu'à ce que vous vous endormiez. »

En même temps que sa boîte d'aquarelle, il apporta sur un plateau deux tasses d'ovaltine chaude. Il prépara un feu et mit une table à jouer devant la cheminée. Sa présence fut pour Alison un tel réconfort, qu'elle avait envie de pleurer de soulagement. Après lui avoir donné sa boisson, il s'installa bien à l'aise à la table et but sa tasse d'ovaltine lentement, en dégustant chaque gorgée. C'est une des choses qu'elle aimait chez Anacleto — le génie qu'il avait de faire une fête de l'acte le plus simple. Il se comportait non pas comme s'il s'était levé par dévouement au milieu de la nuit pour tenir compagnie à la malade, mais comme si, d'un commun accord, ils avaient choisi ce moment pour une petite partie de plaisir. A chaque fois qu'il fallait subir quelque chose de désagréable il s'arrangeait pour avoir, après, un moment de bon temps. Et maintenant, il était assis, une serviette sur les genoux, buvant son ovaltine cérémonieusement, comme si c'eût été un vin fin — bien qu'il détestât autant qu'elle le goût de ce breuvage, et ne l'eût acheté qu'en raison des belles promesses prodiguées sur l'étiquette de la boîte.

— Avez-vous sommeil ? demanda-t-elle.

— Pas du tout. » Mais au seul son du mot « sommeil », il était si fatigué qu'il ne put réprimer un bâillement. Poliment, il se détourna et fit semblant d'avoir ouvert la bouche pour sentir avec son doigt une dent de sagesse qui poussait. « J'ai fait un somme cet après-midi et j'ai dormi un peu cette nuit. J'ai rêvé de Catherine. »

Alison ne pouvait jamais penser à sa petite fille sans éprouver une émotion si chargée d'amour et de chagrin que c'était comme un poids insupportable sur sa poitrine. Il n'est pas vrai que le temps adoucisse l'acuité d'une telle perte. Maintenant, elle se dominait mieux, mais c'était tout. Pendant quelque temps, après ces onze mois de joie, d'anxiété et de souffrance, on n'avait pas aperçu de changement en elle. Catherine avait été enterrée dans le cimetière du poste où ils étaient alors. La jeune mère était obsédée par la vision aiguë, morbide, du petit corps dans la tombe. Elle s'appesantissait sur la décomposition des chairs et la dénudation du squelette avec une insistance si affreuse, qu'elle n'avait pu résister à la hantise de faire exhumer le cercueil, et, après maintes démarches, en avait obtenu l'autorisation. Elle avait fait transporter les pauvres restes au four crématoire de Chicago et avait dispersé les cendres dans la neige. Maintenant, tout ce qu'il lui restait de Catherine, c'étaient les souvenirs qu'Anacleto et elle conservaient en commun.

Alison attendit de pouvoir parler sans être secouée de sanglots, et demanda :

— Qu'avez-vous rêvé ?

— C'était troublant, répondit-il avec calme. Je la tenais sur mes genoux, fragile comme un oiseau des îles. Je la berçais. Soudain des convulsions, et vous essayiez d'ouvrir le robinet d'eau chaude. » Anacleto ouvrit sa boîte d'aquarelle et disposa son papier, ses pinceaux, ses couleurs devant lui. Le feu éclairait son visage pâle et mettait de l'éclat dans ses yeux noirs. « Puis le rêve changea. Au lieu de Catherine, j'avais sur mes genoux une des bottes du commandant que j'ai dû cirer deux fois aujourd'hui. La botte grouillait de petites souris nouveau-nées qui grimpaient partout et j'essayais de les empêcher de faire irruption sur moi. Ouah ! C'était comme si... »

— Assez, Anacleto ! dit-elle, toute frissonnante. Je vous en prie !

Il se mit à peindre et elle le regarda. Il trempait son pinceau dans le verre et un nuage gris de lavande se répandait dans l'eau. Son visage, penché sur le papier, avait un air grave. Une fois il s'arrêta pour prendre quelques mesures rapides avec un décimètre, en s'appuyant sur la table. Anacleto avait un véritable talent de peintre — elle en était sûre. Pour le reste, il ne faisait qu'imiter — presque, disait Morris, comme un singe. Mais dans ses dessins et ses aquarelles il montrait de la personnalité. Quand le commandant avait été nommé à New York, Anacleto avait suivi les cours du soir de la Société des Arts, et Alison avait vu, avec fierté mais sans étonnement, beaucoup de gens, lors de l'exposition des œuvres des élèves, revenir plusieurs fois à ses compositions.

Ses peintures étaient à la fois primitives et compliquées, et exerçaient une singulière fascination sur le spectateur. Mais elle ne pouvait le décider à prendre son talent au sérieux et à fournir le travail qu'il aurait fallu.

« La qualité des rêves..., dit-il à demi-voix. C'est une drôle de chose, quand on y pense. L'après-midi, aux Philippines, quand l'oreiller est humide et que le soleil brille dans la chambre, le rêve est d'une certaine sorte. Et, dans le Nord, la nuit, par temps de neige... »

Mais déjà Alison, absorbée de nouveau par son tourment, ne l'écoutait plus.

— Dites-moi, fit-elle, l'interrompant. Quand vous avez eu un accès de mauvaise humeur, ce matin, et avez dit que vous vous en iriez à Québec, ouvrir un magasin de blanc, aviez-vous quelque chose de précis dans l'esprit ?

— Mais certainement. Vous savez que j'ai toujours désiré voir la ville de Québec. Et je pense qu'il n'y a rien de plus agréable que de manier du beau linge blanc.

— Et c'est tout ce que vous aviez dans l'esprit...

Il manquait à la phrase le ton de l'interrogation et il ne répondit pas.

— Quelle somme avez-vous à la banque ?

Il réfléchit un moment, tenant son pinceau au-dessus du verre d'eau.

— Quatre cents dollars. Voulez-vous que je les retire ?

— Non, pas maintenant. Mais nous pourrions en avoir besoin plus tard.

— Dieu ! dit-il, ne vous faites pas de mauvais sang. Cela n'avance à rien.

La pièce était illuminée par l'éclat rose du feu et il y voltigeait des ombres grises. La pendule, préludant par un petit déclic ronronnant, sonna trois heures.

« Tenez ! » dit soudain Anacleto. Il froissa la feuille de papier sur laquelle il peignait et la jeta de côté. Puis, assis le menton dans la main, d'un air méditatif il se mit à regarder les tisons du feu, fixement. « Un paon d'un vert sinistre, avec un seul énorme œil d'or ; et dans cet œil les reflets de quelque chose de minuscule et... »

Dans son effort pour trouver le mot juste, il leva la main, l'index et le pouce joints. Sa main fit une grande ombre sur le mur derrière lui. « Quelque chose de minuscule et — »

« De grotesque », suggéra-t-elle.

Il fit un signe de tête. « Oui, tout à fait. »

Il reprit son travail, mais avant qu'il ne se mît vraiment en train, quelque bruit dans la chambre silencieuse, ou peut-être le souvenir de la résonance des dernières paroles d'Alison, lui fit soudain tourner la tête. « Non, pas cela ! » s'écria-t-il. Et, se levant avec précipitation, il renversa le verre d'eau, qui se brisa sur la dalle du foyer.

Le soldat Williams n'avait passé qu'une demi-heure cette nuit-là dans la chambre où dormait la femme du capitaine. Il avait attendu, près de la lisière du bois, la fin de la soirée. Quand les invités furent partis, il vint épier par la fenêtre du salon le moment où la femme du capitaine irait se coucher. Un peu plus tard, il était entré dans la maison, comme il l'avait déjà fait. Cette nuit-là, de nouveau un clair de lune au brillant éclat d'argent emplissait la pièce. La Dame était couchée sur le côté, son chaud visage ovale pris, comme dans une coupe, entre ses deux mains. Elle portait une robe de nuit de satin et les couvertures étaient repoussées jusqu'à sa ceinture. Le jeune soldat s'accroupit silencieusement près du lit. Une fois, il avança la main et tâta l'étoffe soyeuse de la robe de nuit entre le pouce et l'index. Il avait inspecté la chambre en entrant. Il s'était arrêté un moment devant la commode et avait contemplé les flacons, la boîte à poudre et les objets de toilette. Le vaporisateur entre autres avait piqué sa curiosité ; il l'avait emporté à la fenêtre et l'avait examiné d'un air intrigué. Sur la table, il y avait une soucoupe contenant une cuisse de poulet à demi grignotée. Il la toucha, la renifla et y donna un coup de dent.

Maintenant, il était assis sur ses talons, dans

le clair de lune, les yeux à demi fermés, avec un sourire mouillé sur les lèvres. Une fois, la femme du capitaine se tourna dans son sommeil, soupira, et s'étira. Du bout des doigts, le soldat toucha une tresse de la chevelure brune, détachée sur l'oreiller.

Un peu après trois heures, le soldat Williams se raidit soudain. Il regarda tout autour de lui comme pour écouter s'il se produirait quelque bruit. Il ne réalisa pas tout d'abord ce qui causait ce changement, ce malaise qu'il ressentait. Puis il vit que, dans la maison voisine, les lampes venaient d'être allumées. Dans le silence de la nuit, il perçut la voix d'une femme qui pleurait. Un peu plus tard, il entendit une auto s'arrêter devant la maison éclairée. Le soldat Williams passa sans bruit dans le couloir entièrement sombre. La porte de la chambre du capitaine était fermée. Quelques moments après, il avait regagné la lisière du bois.

Le soldat n'avait que peu dormi depuis deux jours et deux nuits, et ses yeux étaient gonflés de fatigue. Il fit un long détour autour du poste, afin d'éviter de se trouver face à face avec la sentinelle. Une fois dans son lit, il s'endormit d'un profond sommeil. Mais à l'aube, pour la première fois depuis des années, il eut un rêve et parla tout haut dans son sommeil. Un soldat de la rangée d'en face s'éveilla et lui envoya un soulier, pour lui apprendre à vivre.

Comme le soldat Williams n'avait pas d'amis à la caserne, son absence, la nuit, n'intéressait personne. On se dit qu'il avait fait la connaissance d'une femme. Un certain nombre de soldats avaient fait des mariages secrets et parfois passaient la nuit en ville avec leur femme. Les lumières étaient éteintes à dix heures dans le long dortoir surpeuplé ; mais tous les hommes n'étaient pas dans leur lit. Quelquefois, surtout aux environs du premier du mois, il y avait des jeux de poker dans les latrines, qui duraient toute la nuit. Une fois, vers trois heures, le soldat Williams avait rencontré la sentinelle, en rentrant à la caserne, mais comme il y avait deux ans qu'il était au service et qu'on le connaissait, on ne lui demanda rien.

Pendant quelques nuits, le soldat Williams se coucha à l'heure et dormit normalement. Vers la fin de l'après-midi, il s'asseyait seul sur un banc devant la caserne, et le soir fréquentait parfois les salles de récréation, au poste. Il allait au cinéma ou au gymnase. Le soir, on organisait au gymnase une piste pour patins à roulettes. Il y avait de la musique et un coin arrangé en buvette où les hommes pouvaient consommer de la bière fraîche et mousseuse. Le soldat Williams en commanda un verre et, pour la première fois, goûta à une boisson fermentée. Avec un grand bruit de roulement, les hommes patinaient en cercle, au milieu d'une odeur âcre de sueur et de cire. Trois hommes, tous des anciens, furent surpris de voir le soldat Williams venir s'asseoir à leur table pendant quelques instants. Le jeune soldat les regarda et sembla sur le point de leur poser une question. Mais, en fin de compte, il ne dit rien et, peu de temps après, s'en alla.

Le soldat Williams avait toujours été considéré comme si peu sociable que la moitié de ses camarades de dortoir ne savaient pas son nom. A vrai dire, le nom sous lequel il s'était engagé dans l'armée n'était pas le sien. Au bureau de recrutement, un vieux sergent dur à cuire avait reluqué sa signature L. G. Williams — et lui avait hurlé au visage : « Eh, graine de foin, écris ton nom, ton nom tout entier ! » Le soldat avait attendu un long moment, avant de répondre que ces initiales étaient son nom, le seul nom qu'il avait. « Eh bien, mon vieux, tu ne peux pas entrer dans l'armée des Etats-Unis avec un foutu nom comme ça, avait dit le sergent. Je t'inscris avec le prénom Elgé. Ça va ? » Le soldat Williams avait fait signe que oui, et en face d'une pareille indifférence, le sergent avait éclaté de rire. « Quels demi-idiots ils nous envoient maintenant ! » avait-il dit, en retournant à ses papiers.

Le mois de novembre était arrivé. Depuis deux jours le vent soufflait. En une nuit, les jeunes érables qui bordaient les allées avaient été dépouillés de leurs feuilles. Les feuilles formaient un tapis d'un jaune éclatant sous les arbres, et le ciel était parcouru de nuages blancs, aux formes changeantes. Le lendemain, il tomba une pluie froide. Les feuilles imbibées d'eau tournèrent au brun, furent salies par les pas boueux, et finalement ratissées et enlevées. Le temps redevint clair. Les branches exfoliées faisaient un filigrane sur le ciel d'hiver. Le matin de bonne heure, il y avait du givre sur le gazon desséché.

Après quatre nuits de repos, le soldat Williams retourna à la maison du capitaine. Cette fois, comme il connaissait les habitudes de la maison, il n'attendit pas que le capitaine fût monté se coucher. A minuit, pendant que l'officier travaillait dans son cabinet, il monta à la chambre de La Dame et y resta une heure. Puis il se posta près de la fenêtre du cabinet et regarda avec curiosité jusqu'à ce que le capitaine montât au premier. Car quelque chose se passait à ce moment, que le soldat ne comprenait pas.

Au cours de ses manœuvres de reconnaissance et pendant les veillées dans la chambre de La Dame, le soldat n'avait pas peur. Il sentait, mais ne pensait pas ; il vivait le moment qui passe sans évoquer mentalement le passé ni les liaisons du passé avec le présent. Il y avait quatre ans, L. G. Williams avait tué un homme. Dans une discussion à propos d'une brouettée de fumier, il avait donné un coup de couteau mortel à un nègre et avait caché le corps dans une carrière abandonnée. Il avait frappé dans un accès de fureur. Il se rappelait la couleur violente du sang et le poids du corps mou tandis qu'il le traînait dans les bois. Il se rappelait le soleil chaud de cet après-midi de juillet, l'odeur de la poussière et de la mort. Il avait éprouvé une certaine détresse étonnée, engourdie, mais aucun sentiment de peur, et, pas une seule fois depuis ce moment, il n'avait formé la pensée claire qu'il était un meurtrier. L'esprit est comme une tapisserie, dont les couleurs sont fournies par les données des sens, et dont le dessin s'élabore dans les circonvolutions du cerveau. L'esprit du soldat Williams était imbu de couleurs variées, aux tons étranges mais sans aucune ligne, dépourvu de forme.

Pendant ces premiers jours d'hiver, une seule réalisation se fixa dans sa conscience, à savoir qu'il commençait à s'apercevoir que le capitaine le suivait. Deux fois par jour, le visage balafré d'un pansement et encore tout rouge de l'éruption, le capitaine sortait pour de petites promenades à cheval. En rentrant et après avoir remis le cheval aux mains du palefrenier il s'attardait un moment à la porte de l'écurie. Trois fois, en se rendant au réfectoire, le soldat Williams s'était retourné et avait vu le capitaine à dix mètres derrière lui. Beaucoup trop souvent pour qu'il l'attribuât au hasard, le capitaine l'avait croisé dans une des allées. Une fois, après une de ces rencontres, le soldat s'était arrêté et avait regardé derrière lui. Un moment après, le capitaine aussi s'était arrêté et à demi retourné. C'était à la fin de l'après-midi et le crépuscule d'hiver avait une teinte violet pâle. Les yeux du capitaine étaient fixes, cruels et brillants. Presque une minute s'écoula avant que, d'un commun accord, ils reprissent, chacun de son côté, leur chemin.

4

Un officier, dans un poste militaire, n'arrive pas facilement à se mettre en contact personnel avec un simple soldat. Le capitaine Penderton en faisait l'expérience. S'il avait été officier de troupe, comme le commandant Morris Langdon, et s'était trouvé à la tête d'une compagnie, d'un bataillon ou d'un régiment, il aurait eu quelques rapports avec les soldats placés sous ses ordres. C'est ainsi que le commandant Langdon connaissait de vue et savait le nom de presque tous ses hommes. Mais le capitaine Penderton, qui enseignait à l'Ecole, n'était pas dans le même cas. Excepté ses sorties à cheval (et il montrait, depuis quelque temps, un grand zèle et une belle audace pour l'équitation), il n'avait aucun moyen d'établir des relations avec le soldat qu'il en était arrivé à haïr.

Le capitaine éprouvait un besoin douloureux d'entrer en contact, de quelque façon que ce fût, avec cet homme. La pensée de cet homme le tantalisait. Il alla à l'écurie aussi souvent qu'il pouvait raisonnablement le faire. Le soldat Williams sellait son cheval et le tenait par la bride tandis que le capitaine enfourchait sa monture. Quand le capitaine savait que le soldat était de service, la tête lui tournait. Pendant leurs brèves rencontres impersonnelles, il souffrait d'une curieuse inhibition de l'activité sensorielle : quand il approchait du soldat, il devenait incapable de voir ou d'entendre convenablement, et ce n'est qu'après qu'il s'était éloigné et se trouvait seul qu'il pouvait évoquer ce qui venait de se passer. Le visage du jeune homme — ses yeux muets, ses grosses lèvres sensuelles, généralement humides, ses mèches de cheveux à la mode des petits garçons — formait dans son esprit une image intolérable. Il entendait rarement parler le soldat, mais sa prononciation méridionale le hantait comme une obsession.

A la fin de l'après-midi, le capitaine allait et venait entre l'écurie et la caserne, dans l'espoir de rencontrer le soldat Williams. Quand il l'apercevait de loin, marchant avec souplesse, d'un pas paresseux, le capitaine était pris d'une contraction de la gorge et pouvait à peine avaler sa salive. Quand ils arrivaient face à face, le soldat Williams regardait d'un œil vague pardessus l'épaule du capitaine et saluait mollement, sans hâte. Un jour, comme ils approchaient l'un de l'autre, le capitaine le vit déplier l'enveloppe d'un bonbon et la jeter négligemment sur la bordure de gazon ras qui longeait le trottoir. Cela l'avait rendu furieux. Après avoir fait quelques pas, il était revenu en arrière, avait ramassé l'enveloppe du bonbon, et l'avait rageusement fourrée dans sa poche.

Le capitaine Penderton, qui jusque-là n'avait guère connu d'émotions, n'analysait pas cette étrange haine. Une fois ou deux, s'étant éveillé tard après avoir pris une forte dose de véronal, il s'était fait du mauvais sang à évoquer sa conduite récente. Mais il ne faisait aucun effort conscient pour se rendre compte des tenants et aboutissants de son sentiment.

Un après-midi qu'il passait en auto devant la caserne, il vit le soldat assis seul sur l'un des bancs. Le capitaine s'arrêta un peu plus loin et observa le soldat. Ce dernier s'étalait, les membres détendus, comme un qui va somnoler. Le ciel était vert pâle et le soleil d'hiver déclinant faisait de longues ombres nettes. Le capitaine resta en observation jusqu'à la sonnerie du souper. Quand le soldat Williams fut entré dans la caserne, le capitaine resta assis dans sa voiture, regardant le bâtiment.

La nuit tomba et la caserne s'éclaira. Dans la salle de récréation, au rez-de-chaussée, il voyait à travers les larges baies des hommes jouer au billard ou lire des magazines. Le capitaine se représenta le réfectoire avec ses longues tables chargées de mets chauds, et les soldats mangeant d'un bon appétit et riant ensemble en bons camarades. Le capitaine ne connaissait pas bien la vie des soldats et l'image qu'il s'en faisait était fortement colorée par son imagination. Le capitaine, qui s'était toujours senti attiré par le Moyen Age, avait étudié à fond l'histoire de l'Europe à l'époque féodale. La vision de la caserne, qu'il évoquait, était teintée par cette prédilection. A la pensée de ces deux mille hommes vivant ensemble dans ces bâtiments autour de la grande cour carrée, il se sentit soudain seul. Assis dans la voiture, regardant à travers l'obscurité les salles éclairées et remplies de soldats, écoutant les éclats de voix et les appels bruyants, les larmes lui vinrent aux yeux. La solitude l'étreignit. Il rentra chez lui en hâte.

Léonore Penderton se balançait dans le hamac à la lisière du bois, lorsque son mari arriva. Elle rentra dans la maison et aida Suzie à finir la cuisine; car ils dînaient chez eux ce soir-là, et devaient aller ensuite à une soirée.

Un ami leur avait envoyé une demi-douzaine de cailles, et elle voulait en faire profiter Alison, qui, la nuit de leur soirée, il y avait deux semaines, avait eu une pénible crise cardiaque, et, depuis, gardait le lit. Léonore et Suzie préparèrent tout ce qu'il fallait sur un grand plateau d'argent. Sur une assiette à compartiments, elles placèrent deux cailles et de généreuses parts de divers légumes, dont le jus se rejoignait en un petit lac au milieu de l'assiette. Elles choisirent aussi un grand nombre de friandises, et quand Léonore, après avoir trouvé son équilibre, partit avec le grand plateau, Suzie la suivit avec un petit plateau où elle avait recueilli le trop-plein.

— Pourquoi n'as-tu pas ramené Morris chez nous ? demanda le capitaine, en rentrant.

— Le pauvre ! dit Léonore. Il était déjà parti prendre son dîner au club des officiers. C'est là qu'il va, pensez donc !

Ils s'habillèrent pour la soirée et vinrent passer un moment devant le feu du salon, avec une bouteille de whisky et deux verres sur la cheminée. Léonore portait sa robe de crêpe rouge et le capitaine son smoking. Le capitaine était nerveux et ne cessait de faire tinter le morceau de glace dans son verre.

« Ah ! écoute, dit-il soudain. En voici une bonne que j'ai entendue aujourd'hui. » Il mit son index le long de son nez et pinça les lèvres. Il allait raconter une histoire et en traçait d'avance le plan dans son esprit. Il avait le sens du comique et avait du succès dans la conversation enjouée.

« Voici quelques jours, il y a eu un appel au téléphone pour le général, et le lieutenant-colonel, croyant reconnaître la voix d'Alison, passa immédiatement le fil à son chef. « Mon général, voici une requête, dit la voix d'un ton précieux et compassé. Voudriez-vous me rendre le grand service de veiller à ce que le clairon ne se lève pas pour faire retentir une sonnerie à six heures du matin. Cela gêne madame Langdon dans son sommeil. » Il y eut un long silence, puis la voix du général. « Je vous demande pardon ; mais j'ai peur de ne pas bien comprendre. » La demande fut répétée et il y eut un silence encore plus long. « Veuillez me dire, demanda enfin le général, à qui j'ai l'honneur de parler. » La voix répondit : « C'est le *garçon de maison* de madame Langdon, Anacleto. Merci bien. »

Le capitaine attendit, l'air sérieux, car il n'était pas de ceux qui rient de leurs propres plaisanteries. Léonore ne rit pas non plus ; elle semblait intriguée.

— Qu'est-ce qu'il a dit qu'il était ? demanda-t-elle.

— Il essayait de dire *houseboy* en français.

— Et Anacleto a fait cette communication par téléphone au sujet du réveil à la caserne ? Vrai, cela dépasse ce qu'on a jamais entendu. Je peux à peine le croire !

— Autant pour vous ! dit le capitaine. Ce n'est pas quelque chose qui est arrivé. C'est une histoire inventée, une plaisanterie.

Léonore n'y était pas. Les choses drôles

n'étaient pas de sa compétence. D'abord, il lui était difficile de se représenter une situation qui ne se produisait pas dans la chambre où elle était. Puis, elle n'avait pas la moindre malice.

« Oh, que c'est vilain ! dit-elle. Si ce n'est pas arrivé, pourquoi a-t-on pris la peine d'inventer cela ? Cela fait passer Anacleto pour un imbécile. Qui a bien pu lancer cette sotte histoire ? »

Le capitaine haussa les épaules et vida son verre. Il avait fabriqué un grand nombre d'anecdotes risibles au sujet d'Alison et d'Anacleto, et elles avaient circulé dans le poste avec grand succès. Inventer ces petites méchancetés et en aiguiser la pointe donnait grand plaisir au capitaine. Il les lançait discrètement, faisant semblant de n'en être pas l'auteur et les donnant comme si elles venaient d'une autre source. Il prenait cette précaution, moins par modestie que par crainte qu'elles n'arrivent aux oreilles de Morris comme étant de lui.

Ce soir-là sa nouvelle histoire ne plaisait pas au capitaine. Seul à la maison avec sa femme, il retombait dans la mélancolie qui l'avait envahi, assis dans l'auto devant la caserne éclairée. Il se représentait les mains brunies et agiles du soldat, et sentait un frisson au-dedans de lui.

— A quoi diable penses-tu ? demanda Léonore.

— A rien.

— Eh bien, tu me sembles très étrange.

Il avait été entendu qu'ils prendraient Morris en passant ; mais, au moment où ils allaient quitter la maison, il arriva et leur demanda de venir prendre un verre chez lui. Alison dormait, et ils ne montèrent pas au premier. Ils avalèrent la rasade en hâte, car ils étaient déjà en retard. Quand ils eurent fini de boire, Anacleto apporta au commandant, qui était en uniforme, sa pèlerine d'ordonnance. Le petit Philippin les suivit jusqu'à la porte et leur dit d'un ton doucereux :

— J'espère que vous aurez une bonne soirée.

— Merci, dit Léonore. Et vous aussi.

Le commandant, cependant, le regarda d'un œil inquisiteur. Il soupçonnait quelque chose.

Quand Anacleto eut fermé la porte, il courut au salon, et, écartant légèrement le rideau, épia le groupe. Ces trois personnes, qu'Anacleto détestait, s'étaient arrêtées sur l'escalier pour allumer des cigarettes. Anacleto les observa avec impatience. Tandis qu'elles étaient occupées à vider leur verre, il avait comploté de leur jouer un tour. Il avait enlevé trois briques d'une bordure du jardin et les avait placées au bout de l'allée principale, dans le noir. Il se les représentait culbutant toutes les trois, comme des quilles. Quand il les vit prendre à travers la pelouse dans la direction de l'auto, qui stationnait devant la maison des Penderton, Anacleto fut si vexé qu'il se mordit le pouce. Il alla vite enlever l'obstacle, ne voulant pas que quelqu'un d'autre soit pris à son piège.

Cette soirée se passa comme tant d'autres. L'endroit où les Penderton et le commandant s'étaient rendus était un bal au club de polo.

Ils s'y amusèrent. Léonore fut prise d'assaut, comme d'habitude, par les jeunes lieutenants, et le capitaine Penderton trouva l'occasion, en sirotant un cocktail sur la véranda, de passer sa nouvelle histoire à un officier d'artillerie qui avait une réputation de bel esprit. Le commandant passa son temps au fumoir avec des copains, parlant de pêche, de politique et de chevaux. Il devait y avoir une chasse à courre le lendemain matin et les Penderton, accompagnés du commandant, partirent vers onze heures. A cette heure-là, Anacleto, qui avait passé un long moment avec sa maîtresse et lui avait donné une injection, était couché. Il avait adopté, au lit, la position à demi assise, soutenu par des oreillers, comme sa maîtresse, ce qui était si peu confortable qu'il ne dormait jamais bien. Alison somnolait. Le commandant et Léonore, après s'être quittés, allèrent droit à leur chambre, se couchèrent et s'endormirent vite. Le capitaine Penderton s'installa dans son cabinet pour une période de travail solitaire. C'était une tiède nuit de novembre et l'odeur des pins embaumait l'air. Il n'y avait pas de vent. Les ombres sur la pelouse étaient immobiles.

Vers minuit, Alison Langdon sortit de son demi-sommeil. Elle avait fait une série de rêves émouvants, qui l'avaient ramenée au temps de son enfance, et elle aurait voulu les retenir et les raviver. Mais ses efforts furent inutiles et elle fut bientôt tout à fait éveillée, dans son lit, les yeux grands ouverts à la nuit. Elle se mit à pleurer, et le bruit étouffé de ses sanglots saccadés semblait venir non pas d'elle, mais de quelque autre personne souffrante, invisible dans l'obscurité. Elle venait de passer une très mauvaise quinzaine et pleurait souvent. Elle devait garder le lit, le docteur lui ayant dit qu'une nouvelle attaque serait fatale. Mais elle n'avait pas une haute opinion de ce docteur, qui n'était à ses yeux qu'un vieux toubib militaire — et, par-dessus le marché, un ignare. Il buvait, et une fois, dans une discussion avec elle, il avait soutenu que le Mozambique était sur la côte ouest, au lieu de la côte est de l'Afrique, et n'avait pas voulu en démordre avant qu'elle ne fût allée chercher un atlas. Elle faisait peu de cas de ses conseils. Elle était agitée. Deux jours auparavant, elle avait eu une envie si impérieuse de jouer du piano qu'elle s'était levée, habillée, et était descendue, en l'absence d'Anacleto et de son mari. Elle avait joué pendant quelque temps et y avait éprouvé grand plaisir. En remontant dans sa chambre, elle prit l'escalier très lentement, et il n'y eut pas de fâcheuse conséquence.

Le sentiment d'être là, pieds et poings liés — car elle ne pouvait maintenant faire autrement que d'attendre d'aller mieux avant d'exécuter ses plans — la rendait difficile à soigner. On avait pris une infirmière ; mais celle-ci ne s'était pas entendue avec Anacleto et était partie au bout de huit jours. Alison était hantée par toutes sortes d'imaginations. Cet après-midi même, un enfant dans le voisinage avait poussé un cri aigu, comme font souvent les enfants quand ils jouent, et elle avait été saisie de peur, craignant que l'enfant n'eût été blessé par une automobile. Elle envoya Anacleto en toute hâte dans la rue, et bien que celui-ci l'assurât que c'étaient tout simplement des enfants qui jouaient à cache-cache, elle ne put surmonter son angoisse. La veille elle avait senti une odeur de fumée et avait tenu pour certain que la maison brûlait. Anacleto alla faire l'inspection de toutes les chambres, dans tous les coins, mais cela ne la calma pas. Le moindre bruit soudain, le moindre geste de travers la faisaient pleurer. Anacleto s'en rongeait les ongles jusqu'au vif et le commandant évitait de rester à la maison.

Et voici qu'à minuit, tandis qu'elle était là dans son lit, pleurant dans le noir, un autre trouble d'esprit lui survint. Elle regarda par la fenêtre et vit de nouveau l'ombre d'un homme qui s'allongeait sur la pelouse, derrière la maison des Penderton. Il restait debout immobile, appuyé contre un pin. Puis, tandis qu'elle avait les yeux fixés sur lui, il traversa le gazon jusqu'à la porte de derrière, et entra dans la maison. Il lui vint à l'idée, avec un choc terrible, que cet homme, ce rôdeur, était son mari. Il se faufilait, bien sûr, dans la chambre de Léonore, au moment où le capitaine Penderton était chez lui, travaillant dans son cabinet. Cette indignité l'émut au point qu'elle ne prit pas le temps de raisonner. La colère lui donna un haut-le-cœur ; elle dut se lever pour aller vomir dans la salle de bains. Elle enfila un manteau par-dessus sa robe de nuit et mit des souliers.

Elle se rendit tout droit à la maison des Penderton. Elle ne se demanda pas un seul moment ce qu'elle ferait — elle qui par-dessus tout avait horreur des scènes — dans la situation qu'elle allait précipiter. Elle entra par la porte de devant et referma la porte derrière elle avec bruit. Le vestibule était dans la pénombre, éclairé seulement par le reflet d'une lampe allumée dans le salon. Respirant avec peine, elle gravit l'escalier. La porte de Léonore était ouverte et elle vit la silhouette d'un homme accroupi près du lit. Elle entra dans la chambre et tourna le bouton de la lampe électrique placé près de la porte.

Le soldat cligna des paupières à la lumière vive. Il posa la main sur le rebord de la fenêtre et se leva. Léonore bougea dans son sommeil, marmonna, et se tourna du côté du mur. Alison restait debout dans l'embrasure de la porte, pâle, le visage contracté par l'étonnement. Puis, sans prononcer une parole, elle sortit de la chambre à reculons.

Cependant, le capitaine Penderton avait entendu la porte de devant s'ouvrir et se refermer. Il sentait qu'il y avait quelque chose d'anormal, mais un instinct le retenait assis à son bureau. Il se mit à grignoter le bout de son crayon, et attendit, l'esprit tendu. Il ne savait ce qui allait se passer, et il fut grandement surpris lorsqu'il entendit un coup à la porte, et vit entrer Alison, avant qu'il eût pu répondre.

— Eh mais, qu'est-ce qui vous amène ici à

une heure pareille ? demanda le capitaine avec un rire nerveux.

Elle ne répondit pas immédiatement. Elle serra le col de son manteau autour de son cou. Quand elle parla enfin, sa voix avait un son sourd, comme si le choc en avait amorti les vibrations. « Vous feriez bien d'aller voir dans la chambre de votre femme », dit-elle.

Ces paroles, aussi bien que l'étrangeté de son aspect, abasourdirent le capitaine. Mais, primant le tumulte intérieur, la pensée qu'il ne fallait pas perdre son calme s'imposait à lui. En un éclair, il envisagea plusieurs suppositions. Les paroles d'Alison ne pouvaient avoir qu'un sens : c'est que Morris Langdon était dans la chambre de Léonore. Cependant non, car il n'était guère probable qu'ils fussent étourneaux à ce point ! Et si cela était, dans quelle position se verrait-il placé ! Le capitaine sourit d'un air aimable, pour se donner une contenance. Il ne trahit en aucune façon ses sentiments de colère, de soupçon et d'intense ennui.

Alison dirigea vers le capitaine un long regard perçant. Elle semblait essayer de débrouiller un enchevêtrement mental. Après une pause, elle dit avec une lenteur insistante : « Vous n'allez pas me laisser supposer que vous savez ce qui en est et que vous ne faites rien ? »

Obstinément, le capitaine refusa de se laisser troubler. « Je vais vous reconduire chez vous, dit-il. Vous êtes nerveuse et vous ne mesurez pas bien la portée de vos paroles. »

Il se leva précipitamment et prit Alison par le bras. Le contact de son coude frêle, décharné, sous l'étoffe de son manteau, lui fut désagréable. Il lui fit descendre l'escalier du perron et traverser la pelouse. La porte d'entrée de sa maison était ouverte, mais le capitaine donna un long coup de sonnette. Anacleto ne tarda pas à arriver dans le vestibule, et, avant de reprendre le chemin du retour, le capitaine vit aussi Morris sortir de sa chambre, au premier. Confus à la fois et soulagé, il partit, laissant Alison s'expliquer comme elle pourrait.

Le lendemain matin, le capitaine Penderton ne fut pas très surpris d'apprendre qu'Alison Langdon avait tout à fait perdu l'esprit. Vers midi, tout le poste le savait. (On désignait son cas sous le nom de « neurasthénie » ; mais personne ne s'y trompait.) Quand le capitaine et Léonore allèrent offrir leurs services, ils trouvèrent le commandant devant la porte fermée de la chambre de sa femme, une serviette de toilette sous le bras. Il avait passé là une grande partie de la journée. Ses yeux bleu clair grands ouverts exprimaient la surprise, et de ses doigts il se pétrissait le bout de l'oreille. Il serra la main des Penderton d'une façon raide, qui les étonna, et rougit avec un embarras douloureux.

A l'exception du docteur, le commandant Langdon ne fit savoir à personne les détails d'un drame dont il gardait le secret dans son cœur blessé. Alison ne déchirait pas ses draps et n'avait pas l'écume à la bouche, comme il croyait que font les fous. En rentrant chez elle en robe de nuit, à une heure du matin, elle avait seulement dit que non seulement Léonore trompait son mari avec le commandant, mais qu'elle trompait aussi le commandant avec un simple soldat. Alison avait dit encore qu'elle allait demander le divorce, et avait ajouté que, n'ayant pas d'argent, elle serait reconnaissante au commandant s'il consentait à lui prêter cinq cents dollars à quatre pour cent, avec Anacleto et le lieutenant Weincheck comme répondants. En réponse aux questions étonnées du commandant, elle avait dit qu'Anacleto et elle allaient ouvrir un magasin ou équiper un bateau à pêcher la crevette. Anacleto avait transporté sa malle dans sa chambre et avait passé la nuit à empaqueter les affaires de sa maîtresse sous sa direction. De temps en temps Anacleto et elle s'interrompaient pour prendre du thé et étudier sur une carte l'endroit où ils iraient. Un peu avant l'aube, ils avaient fait choix de Moultrieville dans la Caroline du Sud.

Le commandant Langdon était bouleversé. Il resta longtemps dans un coin de la chambre d'Alison, les regardant faire la malle. Il n'osait pas ouvrir la bouche. A la fin, lorsque tout ce qu'elle avait dit s'était peu à peu infiltré dans son esprit, il avait été forcé de se dire qu'elle avait le cerveau dérangé et il avait enlevé de la chambre les ciseaux et les pincettes. Puis il était descendu à la cuisine et s'était assis là, devant la table, avec une bouteille de whisky. Il pleurait et suçait sa moustache imbibée de larmes. Il souffrait pour Alison, et éprouvait aussi de la honte, comme si cette catastrophe entachait son honneur. Plus il buvait, plus son malheur lui semblait incompréhensible. Il lui arriva de lever les yeux au plafond, et de s'écrier, dans la cuisine silencieuse, d'une voix retentissante de supplication inquiète : « Dieu ! ô Dieu ! »

Il se frappa le front sur la table, au point de se faire une bosse. Vers six heures et demie du matin, le litre de whisky qu'il avait débouché ne contenait plus une goutte de liquide. Il prit une douche, s'habilla, et téléphona au docteur d'Alison, qui était médecin-colonel et son ami personnel. Un peu plus tard, un autre docteur fut appelé et ils firent flamber des allumettes tout près de la figure d'Alison et lui posèrent diverses questions. C'est pendant cet examen que le commandant avait pris une serviette de toilette dans la salle de bains, et l'avait posée sur son bras. Cela lui donnait l'air d'être prêt pour tout événement et lui donnait une sorte de réconfort. Avant de le quitter, le colonel lui avait parlé longuement, se servant à plusieurs reprises du mot « psychologie », et le commandant approuvait de la tête à la fin de chaque phrase, sans prononcer une parole. Le docteur, en finissant, avait conseillé de transporter la malade, le plus tôt possible, dans une maison de santé.

— Seulement, dit le commandant éperdu, pas de camisole de force ni de choses comme ça. Vous comprenez, un endroit où elle pourra faire marcher le phonographe — confortable. Vous voyez ce que je veux dire.

En deux jours, on trouva un établissement

en Virginie, choisi plutôt, étant donné la hâte, pour ses prix élevés que pour sa réputation thérapeutique. Alison fit une grimace amère quand on lui communiqua la décision. Anacleto, naturellement, l'accompagnait. Quelques jours plus tard, ils partirent tous trois par le train.

Cet établissement de Virginie prenait soin des malades atteints à la fois du corps et de l'esprit ; car les affections qui intéressent simultanément certains organes et le cerveau constituent une espèce à part. On y voyait de vieux messieurs qui tanguaient de tous les côtés et essayaient de maintenir dans la bonne direction leurs jambes rebelles, des dames morphinomanes, et de jeunes richards, buveurs d'alcool. Mais il y avait une jolie terrasse où on servait le thé dans l'après-midi ; les jardins étaient bien tenus et les chambres meublées luxueusement. Le commandant fut satisfait, et assez fier de pouvoir donner le prix qu'on demandait.

Alison, cependant, ne fit, au début, aucun commentaire. Elle n'ouvrit la bouche qu'au moment où son mari et elle prirent place, le soir, dans la salle à manger. Par exception, le jour de l'arrivée, on permettait à la malade de dîner en bas mais, à partir du lendemain, on devait la servir dans son lit, en raison de l'état de son cœur, qui exigeait le repos. Sur la table, il y avait des bougies à abat-jour rose et des fleurs de serre. Le service et le linge de table étaient de première qualité.

Alison ne sembla rien remarquer de ces belles choses. En s'asseyant à table, elle jeta sur l'ensemble de la pièce un long regard circulaire. Ses yeux, profonds et vifs comme toujours, examinèrent les gens aux autres tables. Elle dit enfin, tranquillement, avec une sorte d'amère satisfaction : « Ciel ! me voici en belle compagnie ! »

Le commandant Langdon ne devait jamais oublier ce dîner, car ce fut la dernière fois qu'il se trouva avec sa femme. Il partit de bonne heure le lendemain et s'arrêta en route à Pinehurst pour passer la soirée avec un ancien ami du jeu de polo. Quand il rentra au poste, un télégramme l'attendait. Alison était morte, d'une crise cardiaque.

Le capitaine Penderton venait d'avoir trente-cinq ans. Malgré sa jeunesse relative, il allait bientôt être nommé commandant ; et, dans l'armée, où l'avancement dépend beaucoup de l'ancienneté, cette promotion précoce était un incontestable tribut à ses capacités. Le capitaine avait beaucoup travaillé. Au point de vue militaire, il était considéré comme brillant — dans l'opinion de beaucoup d'officiers, y compris le capitaine lui-même, il était destiné à devenir un jour général de haut rang. Cependant, il portait la trace de ses efforts. Cet automne, surtout dans les dernières semaines, il avait beaucoup vieilli. Il y avait un demi-cercle de bistre sous ses yeux, et son teint pâle s'était tacheté de jaune. Ses dents se mettaient à le faire souffrir. Le dentiste lui avait dit qu'il faudrait lui enlever deux molaires d'en bas et lui poser plusieurs bridges ; mais le capitaine différait ces opérations, considérant que cela lui ferait perdre du temps. Il y avait quelque chose de tendu dans sa physionomie, et voici que s'établissait un tic aux muscles de l'œil gauche. Ce clignement spasmodique de la paupière donnait à son visage raidi comme un air de paralysie.

Il était dans un état constant d'agitation contenue. La préoccupation qu'il avait de ce soldat devenait une véritable maladie. Comme dans le cancer, lorsque les cellules, on ne sait pourquoi, se rebellent et s'engagent dans cette multiplication insidieuse qui en fin de compte détruira l'organisme, ainsi dans son esprit la pensée du soldat empiétait sur sa conscience dans des proportions tout à fait anormales. Parfois, il se résumait à lui-même, avec effroi, les étapes qui l'avaient conduit où il en était : depuis le café répandu par mégarde sur son pantalon neuf, la séance de débroussaillement du bois, la scène après la chevauchée sur *Oiseau-*

de-Feu, jusqu'aux brèves rencontres dans les allées du poste. Comment la mauvaise humeur était devenue de la haine, et comment la haine avait tourné à l'obsession morbide, il ne pouvait le comprendre en termes de logique.

Une singulière rêverie le hantait. Ayant toujours été très ambitieux, il s'était souvent amusé à se représenter d'avance ses futures promotions. Ainsi, quand il était encore élève à l'école militaire de West Point, le titre « le colonel Weldon Penderton » avait pour lui une résonance familière, et agréable. Et pendant l'été de cette année même, il s'était imaginé être général commandant de corps d'armée reconnu par tous comme de grande envergure. Il était allé jusqu'à se murmurer à lui-même à demi-voix « le général en chef Penderton » — et il lui semblait qu'il tenait ce titre de naissance, tant il s'accordait bien avec son nom. Mais, au cours des dernières semaines, ce vain rêve s'était tristement renversé. Un soir tard — il était exactement une heure et demie du matin

— il était assis à son bureau, recru de fatigue. Soudain, dans le silence de la pièce, cinq mots étaient montés d'eux-mêmes à ses lèvres : « le simple soldat Weldon Penderton ». Et ces mots, avec les associations qu'ils entraînaient, éveillèrent en lui un sentiment paradoxal de soulagement et de satisfaction. Au lieu de rêver honneurs et galons, il éprouvait un plaisir subtil à s'imaginer un homme du rang. Il se voyait jeune, presque le jumeau du soldat qu'il haïssait, avec un corps souple, allègre, que même l'uniforme sans élégance d'un simple soldat ne pouvait rendre disgracieux, avec des cheveux épais et luisants, et des yeux largement ouverts, sans ombre de préoccupation ni de tension. L'image du soldat Williams se glissait dans ces rêves éveillés. L'arrière-plan était la caserne — le brouhaha de jeunes voix mâles, la bonne flânerie au soleil, les innocentes taquineries des camarades.

Le capitaine Penderton avait pris l'habitude de faire une promenade à pied, l'après-midi, dans l'allée qui longe le quartier qu'occupait le soldat Williams. Généralement, il voyait le soldat seul sur le même banc. Passant sur le trottoir, le capitaine se trouvait à deux mètres du soldat, lequel à son arrivée se levait à regret et le saluait négligemment. Les jours devenaient courts, et, à la dernière heure de l'après-midi, il y avait déjà du crépuscule dans l'air. Après le coucher du soleil, l'atmosphère se remplissait d'une légère brume couleur de lavande.

En passant, le capitaine regardait toujours le soldat droit en face et ralentissait le pas. Il savait que le soldat se rendait compte, maintenant, que ces promenades de l'après-midi étaient entreprises à son intention. Le capitaine se demanda même pourquoi le soldat ne cherchait pas à l'éviter et ne s'en allait pas ailleurs à ce moment-là. Le fait que le soldat s'attachait à son habitude donnait à ces rencontres quotidiennes une saveur de rendez-vous qui piquait le capitaine. Quand il avait dépassé le soldat, il avait à lutter contre le désir de se retourner, et, continuant son chemin, il se sentait envahi d'une étrange tristesse nostalgique dont il n'était pas maître.

Dans la maison du capitaine, il s'était produit quelques changements. Le commandant Langdon s'était attaché aux Penderton comme un troisième membre de la famille, et cet état de choses était accepté par le capitaine aussi bien que par Léonore. Le commandant avait été durement frappé et restait désemparé par la mort de sa femme. Même physiquement il y avait quelque chose de différent en lui. Il avait perdu sa belle jovialité, et quand ils étaient tous trois assis devant le feu, le soir, il semblait avoir besoin de se mettre dans les positions les plus gauches et les plus inconfortables possible. Il enroulait une de ses jambes autour de l'autre comme un contorsionniste ou tenait une de ses lourdes épaules levée haut tandis qu'il se pétrissait le lobe de l'oreille. Ses pensées et ses paroles se concentraient entièrement sur Alison et sur la partie de sa vie qui venait de se terminer si brutalement. Il avait tendance maintenant à exprimer de dolentes platitudes sur Dieu, l'âme, la souffrance et la mort, sujets qui, autrefois, lui étaient si peu familiers, que, s'il les abordait, il n'en sortait pas. Léonore prenait soin de lui, lui faisait de bons dîners, et écoutait toutes les remarques lugubres qu'il éprouvait le besoin de faire.

« Si seulement Anacleto revenait », disait-il souvent.

Car Anacleto avait quitté la maison de santé le lendemain du jour où Alison était morte et on n'avait plus entendu parler de lui. Il avait remis toutes les affaires de sa maîtresse dans les malles, puis il avait disparu. Pour le remplacer, Léonore avait engagé pour le commandant un des frères de Suzie qui savait faire la cuisine. Depuis des années le commandant voulait avoir un domestique nègre normal, qui peut-être lui volerait des liqueurs et laisserait de la poussière sous le tapis, mais qui, au moins, ne tapoterait pas sur le piano et ne baragouinerait pas le français. Le frère de Suzie était un bon domestique ; il faisait de la musique avec un peigne enveloppé de papier hygiénique, s'enivrait, et faisait très bien le pain de maïs. Pourtant, le commandant n'éprouvait pas la satisfaction qu'il attendait. Anacleto lui manquait pour bien des raisons, et il avait des remords à son sujet.

« Vous savez, je faisais enrager Anacleto en lui décrivant comment je le mènerais si je pouvais le faire entrer dans l'armée. Vous ne pensez pas, je suppose, qu'il ait pris cela au sérieux ? C'était une taquinerie. Et pourtant il me semblait qu'en somme, s'il s'engageait, ce serait ce qui pourrait lui arriver de mieux. »

Le capitaine en avait assez d'entendre parler d'Alison et d'Anacleto. Quel dommage que ce croquant de petit Philippin n'ait pas été emporté, lui aussi, par une crise cardiaque ! Le capitaine était las de tout ce qui se faisait à la maison. Il détestait les mets méridionaux, lourds et par trop simples qu'aimaient Léonore et Morris. La cuisine était sale et Suzie une souillon. Le capitaine était un connaisseur en gastronomie et un gourmet. Il appréciait les plats compliqués qu'on fait à La Nouvelle-Orléans, et la délicatesse, l'harmonie et l'équilibre de la table française. Autrefois, il allait souvent à la cuisine, quand il était seul à la maison, se préparer quelque friandise savoureuse. Son plat favori était le bœuf à la Béarnaise. Mais il était difficile et maniaque : si le tournedos était trop cuit, ou si la sauce avait un coup de feu et n'était pas parfaitement claire, il emportait le tout dans l'arrière-cour, creusait un trou et faisait disparaître l'objet haïssable. Mais maintenant il ne se piquait plus de fantaisie culinaire. Cet après-midi même, Léonore était allée au cinéma et il avait donné congé à Suzie. Il s'était dit qu'il se cuisinerait quelque chose de spécial. Mais, après avoir commencé à préparer une rissole, il avait soudain perdu tout intérêt à ce qu'il faisait, avait tout laissé en plan, et était sorti de la maison.

— Je me représente Anacleto obligé de faire le biffin, dit Léonore.

— Alison pensait toujours que j'amenais ce sujet sur le tapis, par pure cruauté, dit le commandant. Mais non. Anacleto n'aurait pas été heureux à l'armée, mais on aurait fait de lui un homme. Cela l'aurait purgé de toute la sotte prétention qui était en lui. Quelle absurdité pour un gaillard de vingt-trois ans d'être toujours à danser sur un pied ou à faire des effets d'esthétique ! A l'armée on l'aurait mené tambour battant et rendu très malheureux mais cela aurait mieux valu.

— Vous voulez dire, intervint le capitaine Penderton, que tout résultat obtenu aux dépens de ce qui est normal est condamnable, et qu'on ne doit permettre à personne d'éprouver de la joie par ce moyen. En d'autres termes, il vaut mieux, parce que c'est moral, faire entrer le tampon carré avec effraction dans le trou rond, plutôt que de découvrir un moyen non orthodoxe de faire des trous carrés qui correspondraient exactement au tampon.

— Voilà qui exprime bien ce que je pense, dit le commandant. N'êtes-vous pas de mon avis ?

— Non, dit le capitaine, après une courte pause. Avec une terrible clarté, le capitaine voyait soudain s'éclairer à ses yeux l'intérieur de son âme. Pour une fois, il ne se voyait pas comme le voyaient les autres ; il percevait de lui-même une image comme d'une marionnette grimaçante et grotesque. Il s'appesantissait sans faiblesse sur cette vision. Il l'acceptait sans retouche ni excuse.

— Je ne suis pas de votre avis, rétorqua-t-il d'un air distrait.

Le commandant Langdon réfléchit à cette réponse inattendue, mais ne continua pas la conversation. Il éprouvait toujours de la difficulté à suivre une pensée au-delà du premier effort d'expression simple et nue. Avec un hochement de tête, il revint à ses troublantes préoccupations personnelles. « Une nuit que je m'étais réveillé juste avant l'aube, dit-il, je vis que la lampe était allumée dans la chambre d'Alison et j'entrai. Je trouvai Anacleto assis sur le bord du lit, et, tous deux, ils regardaient quelque chose sur les genoux du Philippin et s'amusaient follement. Et qu'était-ce qu'ils faisaient ? » Le commandant pressa ses gros doigts sur le globe de ses yeux et hocha de nouveau la tête. « Ah, oui. Ils faisaient tomber des petits machins dans un bol plein d'eau. Quelque bricole japonaise qu'Anacleto avait achetée au magasin à vingt sous — de ces petites particules qui s'épanouissent en fleurs quand on les jette dans l'eau. Et ils étaient là, veillant à quatre heures du matin, s'occupant à des balivernes de ce genre. Cela me rendit soudain irritable, et, comme mes pieds rencontrèrent les pantoufles d'Alison, près du lit, j'eus un accès de colère et les envoyai promener à l'autre bout de la chambre. Alison manifesta son mépris à mon égard en me battant froid pendant plusieurs jours. Et Anacleto versa du sel dans le sucrier avant de m'apporter mon café. Cela m'attrista. Dans des nuits comme celle-là, elle devait souffrir.

— Ce qu'Il nous donne, Il nous le reprend, dit Léonore, faisant une citation des Ecritures à sa façon.

Léonore aussi avait quelque peu changé dans les dernières semaines. Elle approchait de la phase de pleine maturité. En ce peu de temps, son corps semblait avoir perdu la souplesse musculaire de la jeunesse. Son visage était plus large, et, au repos, prenait une expression de tendresse paresseuse. On aurait dit une femme qui aurait eu plusieurs bébés bien portants et en attendrait un autre dans huit mois. Son teint était toujours d'un grain délicat et sain, et bien qu'elle prît du poids, il n'y avait rien de flasque en elle. La mort de la femme de son amant l'avait désemparée. La vue du corps dans le cercueil l'avait frappée au point que, plusieurs jours après l'enterrement, elle parlait bas, intimidée, même chez l'épicier. Elle témoignait au commandant une sorte de douceur distraite, et répétait, au sujet d'Alison, toutes les anecdotes favorables dont elle pouvait se souvenir.

— A propos, dit le capitaine tout à coup, je ne cesse de penser à cette nuit où elle est venue ici. Qu'est-ce qu'elle t'a dit dans ta chambre, Léonore ?

— Je t'ai dit que je ne me suis même pas aperçue qu'elle était venue. Je ne me suis pas réveillée.

Sur ce sujet, le capitaine Penderton restait inquiet. Plus il évoquait les détails de la scène qui s'était passée dans son cabinet, plus ils lui semblaient étranges et troublants. Il ne doutait pas que Léonore ne dît la vérité, car quand elle mentait cela se voyait tout de suite. Mais qu'est-ce qu'Alison avait voulu dire, et pourquoi, lorsqu'il était rentré à la maison, n'était-il pas monté au premier pour voir ? Il sentait qu'il avait la réponse quelque part dans la région obscure de son inconscient. Mais plus il retournait le problème, plus son malaise s'accentuait.

— Je me souviens d'une fois où j'ai été certainement surprise, dit Léonore, tendant ses mains roses d'écolière au feu. C'est lorsque nous avons fait, tous ensemble, une excursion dans la Caroline du Nord l'après-midi où nous avons mangé ces excellentes perdrix chez un de vos amis, Morris. Alison, Anacleto et moi nous nous promenions sur un chemin de campagne, lorsque nous croisa un gamin conduisant par la bride un cheval de labour — qui ressemblait plutôt à un mulet. Mais la tête du vieux canasson plut à Alison et tout à coup elle exprima le désir de le monter. Elle s'insinua dans les bonnes grâces du petit cul-terreux, grimpa sur une palissade et la voilà sur le cheval — sans selle, et en costume de ville. Pensez un peu ! Le cheval n'avait probablement jamais été monté ; aussi, à peine fut-elle sur son dos qu'il se coucha et se prépara à se rouler. Je crus que la dernière heure d'Alison était venue, et je fermai les yeux. Mais imaginez-vous qu'elle fit relever le cheval en une minute, et qu'on la vit trotter dans le champ comme si rien n'était arrivé. Toi Weldon, tu n'aurais jamais pu faire cela. Et Anacleto courait dans tous les sens comme un geai ivre ! Ciel ! nous exultions. Je n'ai jamais été aussi surprise !

Le capitaine Penderton bâilla, non parce qu'il avait sommeil, mais parce que l'allusion de Léonore à ses talents de cavalier l'avait vexé et qu'il voulait être impoli. Il y avait eu des scènes violentes entre le capitaine et Léonore au sujet d'*Oiseau-de-Feu*. Après l'équipée où le capitaine avait passé de l'effroi à la colère démente, le cheval n'avait plus été le même, et Léonore avait blâmé son mari sans ménagements. Les événements de la dernière quinzaine, cependant, avaient dévié le cours de leurs préoccupations et le capitaine était sûr qu'elle ne tarderait pas à oublier.

Le commandant Langdon termina la conversation de la soirée par un de ses aphorismes favoris : « Je n'ai plus maintenant que deux buts : être un bon animal et servir mon pays. La santé et le patriotisme. »

A ce moment, le foyer du capitaine Penderton n'était pas un lieu idéal pour un homme qui traversait une crise psychique aiguë. Autrefois, le capitaine aurait jugé les lamentations de Morris Langdon ridicules. Mais maintenant il y avait une atmosphère de mort dans la maison. Il lui semblait que non seulement Alison était morte, mais que, par quelque consommation mystérieuse, la vie des trois qui restaient était aussi arrivée à sa fin. L'ancienne crainte que Léonore ne demande le divorce pour s'en aller avec Morris Langdon ne le tourmentait plus. Et l'inclination qu'il avait autrefois ressentie pour le commandant ne semblait plus maintenant qu'une velléité, comparée à ses sentiments à l'endroit du soldat Williams.

La maison elle-même était pour le capitaine

un objet d'irritation. Le mobilier était quelconque. Dans le salon, il y avait l'inévitable canapé de reps à fleurs, deux fauteuils, un tapis d'un rouge criard, et un secrétaire ancien. La pièce avait une vulgarité que le capitaine abhorrait. Les rideaux de guipure étaient banals et manquaient de fraîcheur, et sur la cheminée il y avait une collection hétérogène d'ornements et de babioles — un cortège de petits éléphants en ivoire, une paire de candélabres en fer forgé, une statuette peinte de négrillon mordant dans une tranche de pastèque, et une coupe mexicaine en verre bleu où Léonore laissait traîner de vieilles cartes de visite. Tous les meubles étaient un peu branlants en raison des déménagements fréquents, et l'impression d'accumulation et de mièvrerie féminine exaspérait tellement le capitaine qu'il entrait dans la pièce le moins possible. Avec un secret sentiment de regret, il pensait à la caserne, se représentant les lits de camp nets en rangées, le parquet nu et les fenêtres sévères sans rideaux. Contre le mur de cette salle imaginaire, ascétique et austère, il y avait, pour quelque raison inexplicable, un bahut ancien sculpté, avec des baguettes de cuivre.

Le capitaine Penderton, dans ses longues promenades de la fin de l'après-midi, était dans un état de sensibilité exaspérée, proche du délire. Il se sentait à la dérive, isolé de tout rapport humain, et il portait en lui l'image persistante du jeune soldat, comme une sorcière serre sur son sein une amulette. Il se sentait singulièrement vulnérable. Bien qu'obsédé de solitude, tout ce qu'il voyait au cours de ses promenades prenait à ses yeux une importance anormale. Quoi que ce soit qui se trouvât sur son chemin, même les choses les plus banales, lui semblait avoir quelque relation mystérieuse avec son destin. Si, par exemple, il remarquait un moineau dans le ruisseau, il s'arrêtait plusieurs minutes, complètement absorbé par la vue de cet objet si ordinaire. Pour le moment, il avait perdu la faculté élémentaire de classer les différentes impressions sensorielles selon leur valeur relative. Un après-midi, il fut témoin de la collision d'un camion de transport avec une automobile. Mais cet accident sanglant ne l'émut pas plus que la vue, quelques instants plus tard, d'un morceau de journal flottant dans le vent.

Depuis quelque temps, il avait cessé d'attribuer ses sentiments à l'égard du soldat Williams à la haine. Il ne cherchait plus à trouver aucune justification à l'émotion qui l'agitait. Il pensait au soldat sans amour ni haine : il était seulement conscient d'un désir irrésistible de renverser la barrière qui les séparait. Quand il apercevait de loin le soldat sur son banc devant la caserne, il éprouvait le besoin de l'interpeller à haute voix, ou de le frapper du poing, afin de le faire répondre à la violence. Il s'était maintenant écoulé presque deux ans depuis qu'il avait vu le soldat pour la première fois. Il y avait plus d'un mois que le soldat lui avait été envoyé comme homme de corvée pour éclaircir le bois. Et, pendant tout ce temps, ils avaient à peine échangé une douzaine de paroles.

Dans l'après-midi du douze novembre, le capitaine Penderton sortit comme d'habitude. Cette journée avait été particulièrement dure pour lui. Le matin, tandis qu'il faisait son cours et traçait au tableau le plan d'une manœuvre tactique, il avait eu une attaque inexplicable d'amnésie. Au milieu d'une phrase, son cerveau se vida. Non seulement il ne put se rappeler un mot du reste de la leçon, mais même les visages des officiers, ses élèves attitrés, lui semblaient étrangers. Dans son esprit, il y avait l'image du soldat Williams, très nettement, et rien d'autre. Pendant quelques moments, il resta muet, la craie dans la main. Puis il retrouva assez de présence d'esprit pour congédier l'auditoire. Heureusement, la leçon était presque finie lorsque cette inhibition mentale s'était produite.

Le capitaine marchait d'un pas raide dans une des allées qui mènent à la caserne. L'état de l'atmosphère était exceptionnel. Il y avait dans le ciel des nuages d'orage menaçants, mais l'horizon était clair, baigné des derniers rayons de soleil. Le capitaine balançait ses bras comme s'ils ne voulaient pas se plier aux coudes et tenait les yeux baissés vers ses bottines soigneusement cirées. Il leva les yeux juste au moment où il arriva au banc où le soldat Williams était assis, et, après l'avoir regardé fixement pendant quelques secondes, il s'avança vers lui. Paresseusement, le soldat prit le garde-à-vous.

— Soldat Williams, dit le capitaine.

Le soldat attendit, mais le capitaine Penderton ne continua pas. Il avait eu l'intention de réprimander le soldat pour quelque négligence dans son uniforme. A quelques pas de distance, il lui avait semblé que la tunique du soldat n'était pas boutonnée convenablement. Au premier abord, le soldat paraissait toujours d'une tenue lâchée, comme s'il avait laissé de côté quelque chose d'essentiel. Mais quand il le tint sous son regard inquisiteur, le capitaine Penderton vit qu'il n'y avait rien à critiquer. L'impression d'irrégularité était due à la conformation même du soldat, sans qu'il y eût dans son accoutrement aucune infraction aux règlements. Une fois de plus, le capitaine resta muet devant le jeune homme, le dépit précipitant son souffle. Au-dedans de lui se déroulait une tirade incohérente d'imprécations, de mots caressants, d'insultes et de supplications. A la fin, il fit quart de tour, sans prononcer une parole.

La pluie, qui menaçait, tarda jusqu'à ce que le capitaine Penderton fût presque de retour chez lui. Ce n'était pas une petite pluie d'hiver clairsemée, mais la trombe rugissante d'un orage d'été. Le capitaine était à vingt mètres de sa porte lorsqu'il reçut les premières gouttes. D'une petite course rapide, il aurait pu se mettre à l'abri. Mais il ne se hâta pas, même lorsque l'averse glaciale et serrée le trempa jusqu'à la peau. Quand il ouvrit la porte d'entrée, ses yeux étaient brillants et il grelottait.

Le soldat Williams rentra à la caserne dès qu'il eut flairé dans l'atmosphère l'approche de la pluie. Il resta dans la salle de récréation jusqu'à l'heure du dîner. Au milieu de l'exubérance bruyante des dîneurs, il fit, sans se presser, un copieux repas. Après, il alla prendre dans son placard un sac de bonbons. Tout en mâchonnant une pâte de guimauve, il se rendit aux latrines, où un incident l'impliqua dans une bataille. Quand il entra dans le couloir, toutes les logettes, excepté une, étaient occupées, et il y avait devant lui un soldat en train de déboutonner son pantalon. Mais juste au moment où l'homme allait s'asseoir, le soldat Williams le bouscula et essaya de prendre la place. Un attroupement se forma autour de la bataille qui s'engageait. Au début, le soldat Williams eut le dessus, étant fort et agile. Pendant l'échauffourée, son visage n'exprimait ni effort ni colère ; ses traits étaient impassibles ; seuls la sueur sur son front, son regard fixe et vague, montraient la tension de la lutte. Il avait son adversaire à sa merci et l'emportait nettement dans la bataille, lorsque tout à coup il lâcha la partie. Il sembla perdre tout intérêt à la lutte et ne prit pas même la peine de se défendre. L'autre l'abattit, l'envoyant donner de la tête violemment contre le sol de ciment. Il se releva en titubant et quitta les latrines sans s'en servir.

Ce n'était pas la première bataille que le soldat Williams avait provoquée. Au cours des deux semaines qui venaient de s'écouler, il était resté tous les soirs à la caserne et y avait causé beaucoup de désordre. C'était un nouveau côté de sa personnalité que ses camarades n'avaient pas soupçonné. Pendant des heures, il restait assis, affalé, silencieux ; puis, tout à coup, il lançait sur le premier venu la plus inexcusable bourrade. Il n'allait plus se promener dans les bois à ses heures de loisir, et, la nuit, il dormait mal, dérangeant les autres par des grognements dans ses cauchemars. Cependant, on n'attachait pas plus d'importance qu'il ne fallait à ces étrangetés. Il y avait à la caserne des individus encore plus bizarres que lui. Un vieux caporal écrivait tous les soirs à un homme de lettres connu, lui envoyant une sorte de journal de ce qu'il avait fait dans la journée, et le mettant à la poste avant le déjeuner du lendemain matin. Un autre homme, qui avait dix ans de service, avait sauté d'une fenêtre du troisième étage parce qu'un ami n'avait pas voulu lui prêter cinquante cents pour aller boire une bouteille de bière. Un cuisinier de la même batterie était hanté par l'idée fixe qu'il avait un cancer de la langue, illusion que les affirmations les plus catégoriques des médecins ne pouvaient dissiper. Il passait son temps devant une glace à tirer la langue jusqu'à la racine, et se privait de nourriture à s'en faire dépérir.

Après l'échauffourée, le soldat Williams alla au dortoir et se coucha sur son lit. Il plaça le sac de bonbons sous son traversin et se mit à regarder le plafond. Dehors, la pluie s'était apaisée et il faisait nuit. De paresseuses rêveries traversaient l'esprit du soldat Williams. Il pensait au capitaine, mais il ne voyait qu'une série d'images mentales dénuées de sens. Ce jeune soldat, originaire du Sud, plaçait les officiers dans la même catégorie vague que les nègres — ils avaient une place dans la vie, mais il ne les considérait pas comme des humains. Il acceptait le capitaine comme une fatalité, comme le temps ou tout autre phénomène naturel. Ce que faisait le capitaine pouvait lui paraître inattendu, mais il ne le rapportait pas à sa propre personne. Il ne lui venait pas à l'esprit d'en chercher les causes, pas plus que d'un orage ou du déclin d'une fleur.

Il n'était pas retourné à la maison du capitaine depuis la nuit où la lampe avait été soudain allumée et où il avait vu la silhouette sombre d'une femme dans le cadre de la porte ouverte. A ce moment-là, il avait été saisi d'une grande peur, mais plus physique que mentale, plus inconsciente que comprise. Après avoir entendu la porte d'entrée se fermer, il avait jeté tout autour de lui des regards inquiets, et avait vu qu'il n'y avait pas d'obstacle à sa fuite. Une fois en sûreté dans le bois, il avait couru désespérément, sans bruit, bien qu'il ne se rendît pas bien compte de la raison de sa terreur.

Mais le souvenir de la femme du capitaine n'était pas sorti de son esprit. Toutes les nuits, il rêvait de La Dame. Autrefois, peu de temps après s'être engagé, il avait été victime d'une infection alimentaire, par les ptomaïnes d'une boîte de conserve, et avait dû entrer à l'hôpital. La pensée de la mauvaise maladie que communiquent les femmes le faisait frissonner sous ses couvertures chaque fois que l'infirmière s'approchait de son lit, et il restait des heures dans la gêne, plutôt que de lui demander un service. Mais il avait touché La Dame et n'avait plus peur de la maladie. Tous les jours, il étrillait et sellait son cheval et la voyait monter *Oiseau-de-Feu*. Le matin de bonne heure l'air était vif, à l'approche de l'hiver, et la femme du capitaine avait les joues roses et était pleine d'entrain. Elle avait toujours un mot aimable ou gai pour le soldat Williams, mais il ne la regardait jamais en face ni ne répondait à ses plaisanteries.

Dans ses visions, elle n'était jamais en plein air, devant l'écurie ou dans l'allée cavalière. Il la voyait toujours dans la chambre où il l'avait contemplée plusieurs nuits, absorbé dans sa contemplation. Son souvenir de ces moments-là était tout sensuel. Il y avait le tapis épais sous ses pieds, le couvre-lit de soie, le parfum qui émanait d'elle. Il y avait la douce, riche tiédeur de cette chair de femme, l'obscurité silencieuse — et cette volupté nouvelle au-dedans de lui, et cette tension et cet élan dans tout son corps, tandis qu'il était accroupi près du lit. Maintenant qu'il avait éprouvé cela, il ne pouvait plus s'en priver ; en lui montait un désir sombre, avide, fatal comme la mort.

La pluie cessa à minuit. Depuis longtemps toutes les lumières de la caserne étaient éteintes. Le soldat Williams ne s'était pas déshabillé. Quand il n'entendit plus la pluie, il mit ses souliers de tennis et sortit. Pour se rendre à la maison du capitaine, il prit le chemin qu'il suivait d'habitude, faisant le grand tour par la lisière du bois. Mais, cette nuit, il n'y avait pas de lune et il marchait vite. A un moment, il se perdit, et, quand il arriva enfin à la maison du capitaine, il eut un accident. Dans l'obscurité, il trébucha dans ce qui lui sembla d'abord une excavation profonde. Pour reconnaître où il était, il frotta une allumette et vit qu'il était tombé dans un trou récemment creusé. La maison était sombre, et le soldat, tout égratigné, souillé de terre, et essoufflé, attendit quelques instants avant d'entrer dans la maison. En tout, il était déjà venu six fois. C'était la septième, et ce devait être la dernière.

Le capitaine Penderton était debout à la fenêtre de sa chambre à coucher. Il avait pris trois cachets, mais ne pouvait pas dormir. Il avait la tête un peu brouillée par le brandy et la drogue. Lui qui aimait tant le luxe et prenait tant de soin dans le choix de ses vêtements, il se mettait n'importe quoi sur le dos, la nuit. Il portait, là dans sa chambre, un surtout d'étoffe grossière, qui aurait convenu à la veuve d'un geôlier, en deuil récent de son mari. Son pyjama était de tissu non décati, raide comme de la toile à voile. Il était pieds nus, bien que le plancher, en cette saison, fût froid.

Il écoutait le susurrement du vent dans les pins, lorsqu'il vit briller dans la nuit une petite flamme éphémère. La lumière fut soufflée par le vent en un moment, mais pendant cet instant le capitaine avait vu un visage. Et ce visage, éclairé par la flamme sur un fond d'obscurité, lui coupa la respiration. Il resta attentif et put apercevoir d'une façon indistincte une forme qui traversait la pelouse. La main du capitaine se crispa sur son surtout et se serra contre sa poitrine. Il ferma les yeux et attendit.

Tout d'abord, aucun bruit ne parvint jusqu'à lui. Puis il sentit plutôt qu'il n'entendit des pas feutrés dans l'escalier. Sa porte était entrouverte, et, par l'entrebâillement, il vit une silhouette sombre. Il murmura quelque chose, mais sa voix étouffée et sifflante produisit un bruit, qui se mêla à celui du vent au-dehors.

Il attendit. Les yeux de nouveau fermés, il resta immobile pendant quelques instants de suspens angoissé. Puis il sortit dans le couloir, et vit se dessinant sur la fenêtre de la chambre de sa femme, éclairée de la pâle lueur des étoiles, celui qu'il cherchait. Après l'événement, le capitaine se dit qu'en ce court moment il avait tout compris, et pris délibérément sa résolution. De fait, au moment où nous sommes sous le coup d'un choc violent mais inattendu, l'esprit se prépare instinctivement en abandonnant temporairement la faculté de surprise. En cet instant vulnérable, un kaléidoscope de possibilités à demi devinées se projette, et, quand le désastre s'est défini, on a le sentiment d'avoir tout compris d'avance par quelque intervention surnaturelle. Le capitaine prit son revolver dans le tiroir de sa table de nuit, traversa le couloir, et donna soudain la lumière dans la chambre de sa femme. En faisant cela, certains fragments vagues de souvenirs — une silhouette à la fenêtre, un bruit dans la nuit — flottaient dans son esprit. Il crut qu'il comprenait et décidait. Mais il n'aurait pu exprimer ni ses pensées ni ses volitions. Il n'était certain que d'une chose : c'est que c'était la fin.

Le soldat n'eut pas le temps de se lever de sa position accroupie. Il cligna des yeux à la lumière, sans que son visage exprimât la peur ; son expression était celle du mécontentement ahuri, comme si on le dérangeait sans excuse valable. Le capitaine était bon tireur, et, bien qu'il eût tiré deux coups, il n'y eut qu'un seul trou rouge au milieu de la poitrine du soldat.

Le bruit des détonations réveilla Léonore, qui se dressa sur son séant. Tout d'abord, encore à demi endormie, elle regarda avec de grands yeux tout autour d'elle comme si elle assistait à une scène de théâtre, à quelque drame sinistre, mais auquel on peut ne pas croire. Quelques instants après le commandant Langdon frappa à la porte et monta l'escalier quatre à quatre, en pantoufles et en robe de chambre.

Le capitaine s'était adossé au mur. Avec son étrange surtout d'étoffe grossière, il ressemblait à un moine dévoyé, épuisé. Même dans la mort, le corps du soldat avait encore un air de bien-être animal. Son visage grave n'était pas changé. Ses mains, tannées par le soleil, étaient appuyées sur le tapis, les paumes tournées vers le haut, comme s'il dormait.

CET OUVRAGE
A ÉTÉ ACHEVÉ D'IMPRIMER
LE 29 OCTOBRE 1976.

BIBLIOTHÈQUE DU TEMPS PRÉSENT

UNE PRODUCTION DES
éditions rombaldi

LA PHOTOGRAPHIE DE LA PAGE 2-3
ET CELLE DE LA PAGE 16-17
NOUS ONT ÉTÉ CONFIÉES PAR LES ÉDITIONS STOCK,
CELLE DE LA PAGE 14 PAR TÉLÉ 7 JOURS.

LES AUTRES PHOTOGRAPHIES NOUS ONT ÉTÉ CONFIÉES
PAR L'AGENCE U.S.I.S.

Cot ouvrage est la traduction intégrale
du roman américain *Reflootions in a Golden Eye.*

N° d'éditeur 045-76-1586.
Dépôt légal 4ᵉ trimestre 1976.
ISBN 2-231-00185-3.
ISSN 0336-836X.
DL : SE-429-1976.

UNE SÉLECTION
édiclub rombaldi

Printed in Spain